国家古籍整理出版专项经费资助项目

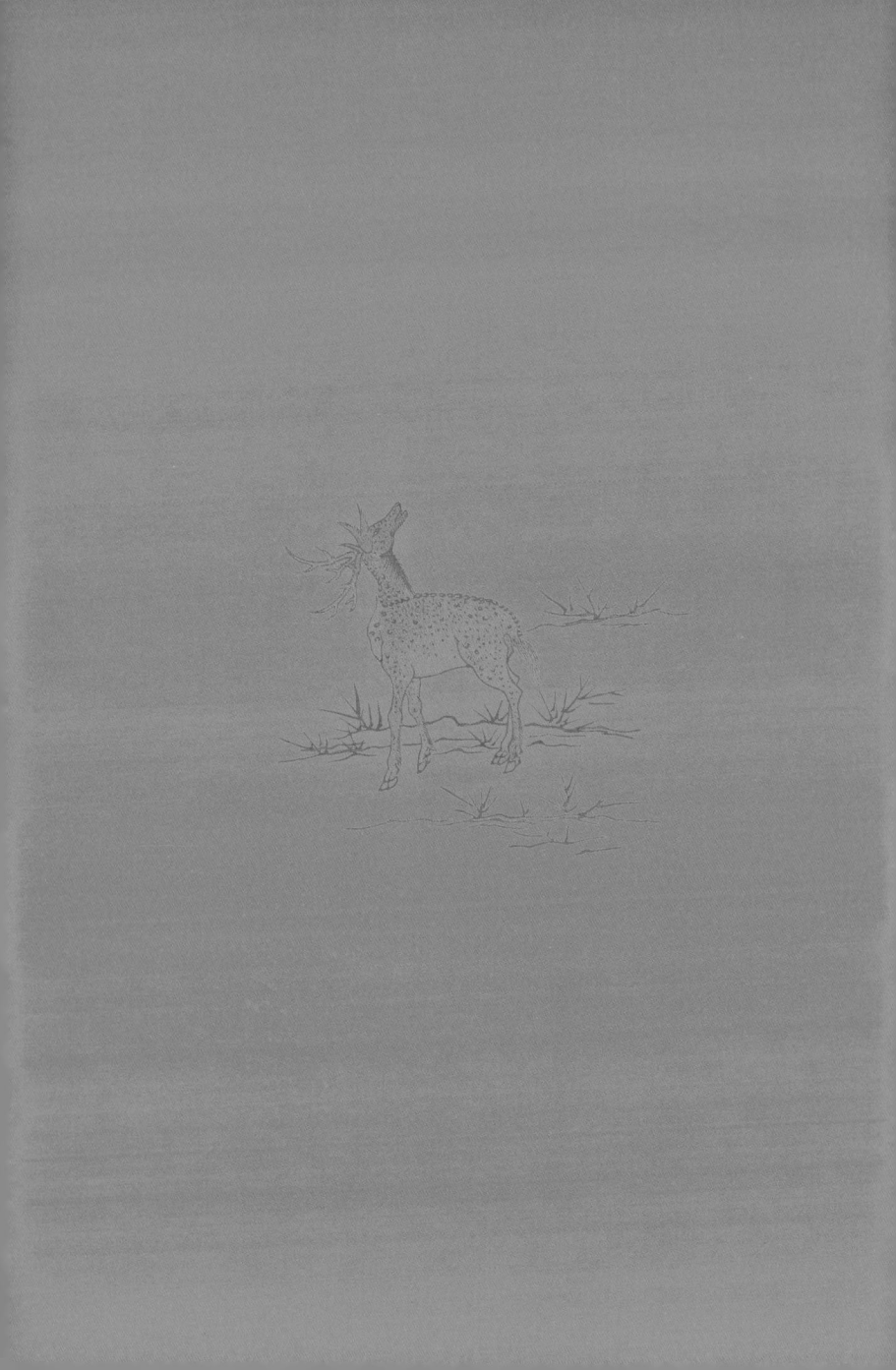

明清小品丛书

A Series
of
Essays
in
Ming and Qing
Dynasties

# 陈继儒小品

〔明〕陈继儒——著
王淑玲——注评

中州古籍出版社
· 郑州 ·

## 图书在版编目(CIP)数据

陈继儒小品 /(明)陈继儒著;王淑玲注评. —郑州:中州古籍出版社,2023.12
(明清小品丛书)
ISBN 978-7-5738-1068-7

Ⅰ.①陈… Ⅱ.①陈…②王… Ⅲ.①小品文-作品集-中国-明代 Ⅳ.①I264.8

中国国家版本馆 CIP 数据核字(2023)第 228461 号

CHEN JIRU XIAOPIN
**陈继儒小品**

| | |
|---|---|
| 出 版 人 | 许绍山 |
| 选题策划 | 梁瑞霞　张　雯 |
| 责任编辑 | 李瑞瑞　张　雯 |
| 责任校对 | 刘丽佳 |
| 美术编辑 | 曾晶晶 |
| 封面设计 | 黄桂敏 |

| | |
|---|---|
| 出 版 社 | 中州古籍出版社(地址:郑州市郑东新区祥盛街 27 号 6 层 邮编:450016　电话:0371-65788693) |
| 发行单位 | 河南省新华书店发行集团有限公司 |
| 承印单位 | 河南瑞之光印刷股份有限公司 |
| 开　　本 | 787 mm×1092 mm　　1/32 |
| 印　　张 | 11.125 |
| 字　　数 | 222 千字 |
| 版　　次 | 2023 年 12 月第 1 版 |
| 印　　次 | 2023 年 12 月第 1 次印刷 |
| 定　　价 | 58.00 元 |

本书如有印装质量问题,请联系出版社调换。

# 前　言

陈继儒（1558~1639），字仲醇，号眉公，晚明时期松江华亭（今上海市松江区）人。性简淡，终生隐居，工诗文书画。据《明史·隐逸传·陈继儒传》记载，陈继儒自幼颖异，工文章，与董其昌、王衡为友，受到徐阶、王锡爵、王世贞等人的推重，王锡爵曾招眉公与其子王衡同窗共读于支硎山。万历十三年（1585），眉公与王衡同应南京乡试，未第而归。第二年，眉公年二十九，"取儒衣冠焚弃之"，绝意科举仕进。眉公初时隐居昆山之阳，构庙祭祀陆机、陆云，营草堂数椽，乞取四方名卉，广植堂前，名之曰"乞花场"，云："我贫，以此娱二先生。"锡山顾宪成讲学东林，慕名相邀，眉公婉言谢绝。终日"焚香晏坐，意豁如也"。后父亲逝世，眉公遂移居东佘山，闭门著述。暇时则与黄冠老衲遍游峰泖，吟啸山林。朝廷屡次下诏征用，眉公皆托病辞谢。年八十二卒，"自为遗令，纤悉必具"，葬于东佘山。眉公《自题小像》云："读古人书，识古人字。淡然无营，履脱名利。不出户庭，短褐茹粝。为圣人氓，如此而已。"正是他一生的写照。

眉公交游甚广，上至阁臣宰辅，下至村童山翁，均有交集。徐阶、王锡爵分别是嘉靖、万历年间的内阁大臣，皆雅重眉公。他既得隐士之名，又周旋于官绅之间，不免为人所诟病。梁恭辰《巧对续录》记载，眉公于王锡爵家遇一显宦，显宦问何人，王锡爵答曰："山人。"显宦讽刺曰："既是山人，何不到山里去？"另清乾隆年间，蒋士铨所作传奇《临川梦·隐奸》的出场诗云："妆点山林大架子，附庸风雅小名家。终南捷径无心走，处士虚声尽力夸。獭祭诗书充著作，蝇营钟鼎润烟霞。翩然一只云间鹤，飞去飞来宰相衙。"华亭古称云间，故此诗有刺陈之说。对于此等言论，眉公在《上杨学台》一文中讲得明白："不肖买山穿圹业十六年余，宁复有他念者？若鼓作声价，借隐为通，天日忌盈，必罚之以奇祸；人情责备，必中之以奇谗。"信誓旦旦，言之凿凿。眉公屡荐不应,虽居终南,并非为走捷径;声价虽高,并非沽名钓誉。与地方官绅的信笺多以回函居多,当是官绅慕眉公之名,以书笺交通,眉公礼尚往来,不得不回应。

陈眉公是当时重要的小品文作家。清初包璿给李渔《笠翁一家言》作的序中称:"系惟明之中、晚,士名噪当时者,前无若李卓吾,后无若陈仲醇。"眉公小品文多描摹隐居生活,既有群聚之欢,亦有独游之乐;既有呼朋唤友、优游山水的逍遥自在,也有捉襟见肘、求人借贷的窘迫困顿。眉公年轻时家贫,"妇翁多病",父母悲愁,相对陨涕,竟至罢饮,不得已托好友徐长孺向徐元普借贷三十金,年还十金加利息,三年还清。再三嘱托,两次感慨"仆能堪乎"(《与徐长孺》),悲戚、无助、愧疚,张口借贷实是无奈之举。后眉公开馆授徒,得以奉亲养家,聊以糊口。《答冯次牧书》:"老亲在侍,束胆羁绞,强为门生受经博糈,以供朝夕。"

眉公虽身居山林,仍心系廊庙。《上王相公(二)》记发生在苏州、松江一带的涝灾,其势有甚于嘉靖年间之灾。百姓衣食几至断绝,忍湿受饥,渐酿疾病。又加世风侈靡,朝廷赋税无年不增,百姓困苦可知。眉公因此上书王锡爵,建议朝廷赈贷粮食,蠲免租税,希望身为台甫的王锡爵能从中调停周全,督促朝廷速办速决,拯救家乡百姓。此文言辞恳切,洋洋千言,字字血泪,体现眉公忧国忧民、为民请命的赤子情怀。对于晚明局势,眉公忧心忡忡,对于只知享乐的权贵,则怒其不争。《小窗幽记》卷三序云:"今天下皆妇人矣。封疆缩其地,而中庭之歌舞犹喧;战血枯其人,而满座貂蝉之自若。我辈书生,既无诛乱讨贼之柄,而一片报国之忱,惟于寸楮尺字间见之,使天下之须眉面妇人者,亦耸然有起色。"眉公处江湖之远而怀家国之忧,遂有"山中宰相"之称。

  眉公交游之作甚多,序引题跋、寿文尺牍,均为往来酬应之文,其中与几个同道好友的往来,更可见眉公对朋友的真挚情感。眉公与董其昌少时同窗,长而齐名。一深居山林为隐士,一高居庙堂为朝臣,相交数十年。董其昌筑楼招之,名曰"来仲楼"。后董其昌去世,眉公在《祭董宗伯文》中说:"少而执手,长而随肩,函盖相合,磁石相连。八十余岁,毫无间言,山林钟鼎,并峙人间。"徐霞客原名弘祖,眉公为其取号"霞客"。霞客曾四次拜访眉公,眉公多次向友人介绍徐霞客，使徐霞客在游历困顿中得到友人的照顾。崇祯年间，战乱频仍，李自成、张献忠起义，辽东告急，明王朝风雨飘摇。因此，眉公力劝霞客暂缓西行，"以安身立命为第一义"，"何必崎岖出入于颓山血海"，待时局稍定，则"任运所之，张弛在我"，作平生奇游。情之切切，谆谆叮咛，表现出他对霞客奇游的关心和担忧。

眉公涉猎广泛，博学强识，文多用典，恰切自然。且用笔简练，往往寥寥数笔，境界全出，写景状物，生动传神。如《游空舲滩》，数笔点染，便成佳境，可谓文中有画。简练典雅是他对文章的基本要求，眉公曾读林洪《清净斋铭》，因感"其言不雅驯"，遂进行删定，改为《三字偈》。眉公小品文语言简洁明快，意蕴深长，典雅精致，读来如饮醇酒，令人沉醉。

眉公工诗文书画，精于鉴赏。其《妮古录》序云："予寡嗜，顾性独嗜法书名画，及三代秦汉彝器瑗璧之属，以为极乐国在是。"眉公当是一个很有生活情趣的人，其小品文多风雅有趣，亦庄亦谐。《与唐抑所太史》中眉公邀请唐文献为父亲作七十寿文。唐文献是万历年间状元，又是眉公的朋友，自是撰写寿文的上佳人选。有感于时人羡慕为官之华贵，而嘲笑隐者之节操的现象，眉公从多个方面与唐文献"比权量力，较雌对雄"，一侍奉朝廷，雍容华贵，一隐居讲学，朴质闲适，一官一隐，二者何分高下？眉公文章不卑不亢，措辞恰切，又不失诙谐。想其友读之，不禁"击桌喷饭"。妙文可以佐餐，趣文令人喷饭。

眉公慕古侠之风。其《侠林》序称"余少好任侠"，序文列举古来侠义之士的义举，文辞铿锵激昂，酣畅淋漓，大有古侠之风。《驶雪斋集》序则云："观甫以不律为刀剑，以陶泓为营垒，以侧理为旌旗，以隃糜为血战，以章法、句法、字法为节制部伍，以飞扬闪铄为鞭电驱霆，耀日绘月，而词场中始称八面无敌。观甫之诗法，即古司马之兵法也，而谓有二乎哉？"眉公以笔为刀剑，以砚为营垒，以纸为旌旗，以墨为血战，以武写文，气势磅礴，塑造了一代儒将形象，其人其文侠气纵横。

眉公一生著述甚丰，体式多样。《四库全书总目》录其著述近三十种，《陈眉公全集》依体式将其文分为杂书、外纪、尺牍、叙、记、传、论、策、议、辨、寿言、诔、行状、祭文、疏文、墓志铭、墓表、赋、题跋、赞、铭、杂录等二十余类。本书从《晚香堂小品》《白石樵真稿》《陈眉公全集》《小窗幽记》《岩栖幽事》《安得长者言》《太平清话》《狂夫之言》《读书镜》等书中撷取小品文一百余篇，体式分类依据《陈眉公全集》例，体式相似者进行合并，共分序跋、尺牍、题记、清言以及其他等五大类。序跋类26篇，序又作"叙""引"，一般置于文前；跋又称"后序"，一般置于文后。尺牍类24篇，尺牍本指古人制作的长一尺的木简，用以书写记事，后成为信笺的代称。题记类25篇，取《陈眉公全集》"题跋"中的"题"与"记"，合为题记。"题"以书画为主，"记"则为山川风物、园林建筑等。清言类11篇，每篇包括若干则不等，文多短小精致，清雅飘逸。其他类31篇，主要选取以上四类之外的或风雅有趣，或清新可喜，或生动传神，或见解独到的小品文，包括杂书、赞、传、铭、议等数种。每篇原文下附有注释，后附赏读。笔者态度严谨，但毕竟水平有限，书中谬误在所难免，敬请读者指正。

# 目 录

**卷一 序跋**

《米襄阳志林》序　/3

《销夏部》序　/9

《酒颠》小叙　/12

《驶雪斋集》序　/15

《渡淮草》序　/19

《五言诗》序　/23

《醉吟草》叙　/26

《戴元镇诗》叙　/29

《闽游草》叙　/34

《栖真志》序　/37

《花史》跋　/40

诗集小引　/42

《侠林》序　/44

《园史》序　　／50

《王辰玉集》序　　／54

《芙蓉庄诗》序　　／62

《卧游清福编》叙　　／66

《杨彦履稿》叙　　／70

《妮古录》序　　／73

《屯云居寱言》序　　／75

《来仲楼随笔》序　　／78

《古今粹语》序　　／82

《纪游稿》引　　／85

跋《甪里先生传》　　／89

跋《茶录》　　／90

跋玄宰画册　　／91

## 卷二　尺牍

与唐抑所太史　　／95

答某经略　　／99

与郁季雅　　／101

柬项东鳌　　／105

柬米子华　　／108

答吴司理　　／111

与王元美　　／113

与王闲仲　/114

答友　/115

答冯次牧书　/117

答徐霞客　/123

与徐朗倩　/127

与王冏伯　/129

与庄五修　/132

与胡大参　/134

上杨学台　/137

致去尘先生　/139

答冯大参　/141

与王季重　/143

上王相公（一）　/146

上王相公（二）　/149

与徐长孺　/154

答赵无声　/157

答项楚东　/159

## 卷三　题记

《花史》题词　/163

《素位编》题词　/165

题《姚平仲小传》　/168

自题小像　　／170

题自画　　／171

题《米仲照石卷》　　／174

题清微亭　　／177

题孙世声紫藤　　／179

入山题　　／181

题云林画　　／182

题《洛神》　　／184

题孙雪居写猫奴　　／186

题兰花　　／187

题杂画　　／188

题施子野《夜雨曲》　　／189

题王子贤笔　　／190

题布袋和尚像　　／192

梅屋记　　／193

游空舲滩　　／196

游桃花记　　／198

梅花楼记　　／202

许秘书园记　　／205

饱菜轩记　　／211

宝梦堂记　　／215

德星堂记　　／218

## 卷四 清言

一服清凉散 /225

此身为情有 /228

君子当峭拔 /231

恬淡以自守 /234

为人须带三分豪气 /237

闭户先生山中居 /240

天下清福是读书 /245

闭门即是深山 /247

隐居之趣 /250

模世语 /253

读书十六观 /256

## 卷五 其他

书田舍 /263

书种竹 /265

书扫地 /267

书避暑 /269

书茗寻庵 /271

书酒上户 /273

书改《三字偈》 /275

书壁　／277

王小颠赞　／279

钟伯敬先生像赞　／280

唐李公子传　／282

玉峰道人传　／290

疏蔬隐　／294

琴匣铭　／296

笔筒铭　／298

书灯铭　／299

文章自三代而后　／301

天地间有一大账簿　／304

论事父母　／308

杀之三，宥之三　／310

刻画古人　／312

知希则贵　／314

热审　／317

南齐江泌食菜不食心　／320

李沇为丞相　／322

吐谷浑阿柴　／324

张子房欲辞封爵　／327

邵伯温少时　／329

李德裕平泉山居　／331

王太尉问眉子　／334

卫玠弱冠　／336

**附录**　／339

# 卷一 序跋

古之名贤,独渊明寄兴,往往在桑麻松菊、田野篱落之间。

## 《米襄阳志林》序①

予读陆友仁《米颠遗事》②，恨其故实未备，尝发意排纂。江东好古收藏之家，所遇襄阳书画，小有题识者，辄手录之。而范长康多读异书③，搜讨米事，尤丑类而详④，因题曰《志林》，请予叙。

予惟古今隽人多矣，惟米氏以颠著。要之，颠不虚得，大要浩然之气全耳⑤。后人喜通脱而惮检括⑥，沓拖拉攞，沾沾藉米颠氏为口实。夫米公之颠，谈何容易！公书初摹二王⑦，晚入颜平原⑧，掷斤置削⑨，而后变化出焉，其云山一一以董、巨为师⑩。诗文不多见，顾崖绝魁垒如深往者，而公之颠始不俗。两苏、黄豫章、秦淮海、薛河东、德麟、龙眠、刘泾、王晋卿之徒⑪，皆爱而乐与之游，相与跌宕文史，品题翰墨，而公之颠始不孤。所居有宝晋、净名、海岳⑫，自王、谢、顾、陆真迹以至摩诘⑬，玉躞金题⑭，几埒秘府，而公之颠始不寒。陪祀太庙，洗去祭服藻火⑮，至褫职⑯，然洁疾淫性不能忍，而公之颠始不秽。冠带衣襦，起居语默，略以意行，绝不用世法，而公之颠始不落近代。奉敕写《黄庭》，写御屏，奋笔振袖，酣叫淋漓，天子为卷帘动色，彻赐酒果，文其甚，则跪请御前砚以归，而公之颠始不屈挫。寄人尺牍，写至"芾拜"，则必整襟拜而书之，而公之颠始不堕狡狯。

呜呼米颠，旷代一人而已！求诸古今，张长史得其怪，倪元镇得其洁，敫文学士与高尚书得其笔，滑稽谈笑，游戏殿廷，东方朔、李白得其豪⑰。故曰：米公之颠，谈何容易！

公没于淮阳军，先一月，尽焚其平生书画。预置一棺，焚香清坐其中。及期，举拂合掌而逝。吾视其胸中，直落落无一物者，其圣门所谓古之狂欤？洙泗之时⑱，楚狂在接舆⑲；濂洛之时⑳，楚狂在芾。其颠可及也，其浩然之气不可及也。

## 【注释】

①《米襄阳志林》：明代范明泰著。米襄阳，米芾，世居太原（今属山西），后迁居襄阳（今属湖北），故又称"米襄阳"，北宋书画家，擅行、草等书体。他长于临摹，徽宗时召为书画学博士。因举止怪异，人称"米颠"。

②陆友仁：名友，字友仁，号研北生，平江（治今江苏苏州）人，元代书法家、藏书家。有诗文集《杞菊轩稿》，

已佚,今存诗十五首。另有杂著《墨史》《研北杂志》。

③范长康:即范明泰,字长康,万历年间举人,著有《米襄阳外纪》《米襄阳志林》《襄阳遗集》等。

④丑类:以同类事物相比况。丑,通"俦"。

⑤浩然之气:指浩大刚正的精神气概。《孟子·公孙丑上》孟子曰:"我善养吾浩然之气……其为气也,至大至刚,以直养而无害,则塞于天地之间。"

⑥检括:行为检点,自我约束。

⑦二王:指东晋书法家王羲之、王献之父子,并称"二王"。

⑧颜平原:指颜真卿,唐代书法家、名臣,曾任平原太守,人称"颜平原","楷书四大家"之一,开创"颜体"。

⑨掷斤置削:此化用《庄子·徐无鬼》"匠石运斤"事,指抛开固有的尺度规矩。

⑩董、巨:五代末宋初画家董源、巨然。董源是南派山水画的开山大师,巨然师法董源,二人并称"董巨"。

⑪两苏:北宋苏轼与其弟苏辙。黄豫章:即黄庭坚,籍贯即今江西修水,古属豫章郡,故称。秦淮海:即秦观,字太虚,又字少游,号淮海居士,世称"淮海先生"。薛河东:即薛绍彭,字道祖,号翠微居士,长安人。以翰墨名世,自称"河东三凤"(薛收、薛德音、薛元敬)的后人。德麟:赵令畤,初字景贶,苏轼为之改字德麟,自号聊复翁。龙眠:李公麟,字伯时,号龙眠居士。刘泾:字巨济,号前

溪，善作林石、墨竹。王晋卿：王诜，字晋卿，太原人，后徙居开封，北宋画家，擅词。

⑫宝晋：书斋名。米芾得到东晋王羲之《王略帖》、谢安《八月五日帖》、王献之《十二月帖》墨迹后，将其摹刻石上，因崇尚晋人书法，自题书斋名"宝晋"。净名：米芾斋庵名，维摩诘的意译。海岳：斋庵名。米芾用一块研石换得友人北固山前峰的空地，建成海岳庵，自号"海岳外史"。

⑬王：王羲之、王献之。谢：谢安。顾：顾恺之，东晋画家。陆：陆探微，南朝宋画家。摩诘：即王维，字摩诘。

⑭玉躞（xiè）金题：指装潢精美的书画。玉躞，玉质的书画卷轴。金题，用泥金书写的题签。

⑮藻火：古代官员衣服上所绣作为品级标志用的水藻及火焰图案。借指官服。

⑯褫（chǐ）职：剥夺官职。

⑰"张长史"数句：张长史，即张旭，唐代书法家，擅草书，人称"草圣"，个性狂放不羁，又称"张颠"，曾官金吾长史。倪元镇，元代画家倪瓒，字元镇，个性好洁迂僻，人称"倪迂"。敷文学士，指米芾之子米友仁，书画家，得其父笔法，曾为敷文阁直学士。高尚书，元代画家高克恭，官至刑部尚书，工山水画，师法米芾、董源。东方朔，西汉辞赋家，性格诙谐，善于滑稽谈笑。李白，唐代诗人，人称"诗仙"，性格豪放，游戏殿廷，其《玉壶吟》诗有"揄扬九重万乘主，谑浪赤墀青琐贤"句。

⑱洙泗：即洙水和泗水。古时二水自今山东泗水县北合流而下，至曲阜北，又分为二水，洙水在北，泗水在南。孔子在曲阜聚徒讲学，正在洙、泗之间。此以洙泗之时代称孔子所处的春秋时期。

⑲接舆：春秋时楚国隐士，姓陆名通，字接舆，因不满时政，剪发佯狂不仕。

⑳濂洛：北宋理学两个学派。"濂"指濂溪周敦颐，"洛"指洛阳程颢、程颐。此以濂洛之时代指理学盛行的北宋时期。

**【赏读】**

范明泰《米襄阳志林》，从恩遇、颠绝、洁癖、嗜好、麈谈、书学、画学、誉羡、书评、画评、杂记、考据等十二个方面详细记载了米芾的生平事迹、性格嗜好等。范明泰是米芾的崇拜者，其性格、言行颇似米芾。王稚登在《米襄阳志林》序中评价范明泰："石癖与元章同，其他癖往往同，才品文艺又同。……颠又同。"张献翼《米襄阳志林》序也评价范明泰云："洁类南宫，誉类南宫，言谈嗜好类南宫。"

本文是为范明泰《米襄阳志林》所作的序文，描摹的重心却不是范明泰，而是米芾。全文如米芾之小传，撷取米芾生平事迹若干，围绕米芾之"颠"，写其"颠"之不俗、不孤、不寒、不秽、不落、不屈挫、不狡狯。

其颠非真颠，而是浩然之气存焉。世人有学米芾之颠者，因胸中缺乏浩然之气，只能学其表象，未能得其实质，只不过为自己的拖沓懒散找一个托词而已。即使如张旭、倪瓒、米友仁、高克恭、东方朔、李白等人，也只是得其一，未能得其全。故曰："米公之颠，谈何容易"，"其颠可及也，其浩然之气不可及也"。

文章前后照应，概括精要，酣畅淋漓，句式整齐灵活，富有节奏感。陆云龙评此文说："不颠不狂，其名不彰，颠正其品之奇处。非眉公，襄阳几于湮没矣。"

# 《销夏部》序①

昔人避暑者曰：愿得泰岱之长松焉，潇湘之修竹焉，匡庐之飞瀑焉，太湖之明月焉，峨眉之古雪焉。又有渴思金茎之露②，困忆石步之廊③。又有饱风欲为蜩，泳水欲为鱼者。其苦不胜与祝融敌矣④。独一老宿云："避暑向镬汤里去⑤，此众热所不到。"余深省斯语，而终不能举似人，相与共享醍醐甘露之乐⑥。

惟当长夏候，转徙山中，解箨冠，挂蕉服，展薤簟，卷筠帘⑦，敞清风于北窗之下，钓秋水于南华之上，刺莲剥芡，战茗嚼冰，蔗境弥甘⑧，槐国非远⑨。而时于晒书之暇，随命大儿续记《销夏部》一卷，以配《辟寒》⑩。

夫造化之凉燠，大寒暑也；疢疾之冷热，小寒暑也；人情之炎凉，外寒暑也；胸中之冰炭⑪，内寒暑也。四者潜移密运，如循环辘轳，使人垂老颠倒而莫可解脱。非有道之士，其谁能出火坑而笑冰山者乎！如曰能之，则此集又为风雪中清凉扇子矣。

华亭眉公陈继儒撰。

【注释】

①《销夏部》：陈继儒所撰笔记，四卷。作者搜集与避暑消热有关的琐言逸事，编辑成篇，是《辟寒部》的姊妹篇。

②金茎之露：汉武帝刘彻曾在长安建章宫前造神明台，上铸铜仙人，手托承露盘，以储露水。传说将此露和玉屑服之，可长生。

③石步之廊：石砌长廊，清凉解暑。南朝刘宋时期孙诜《临海记》记载黄岩山上有石驿："三面壁立，俗传仙人王方平居焉，号王公客堂，南有石步廊。"宋人丁谓《途中盛暑》："渴思西汉金茎露，困忆南朝石步廊。"

④祝融：古代传说中的火神。

⑤镬（huò）汤：佛经所说"十八地狱"之一，用以烹罪人。

⑥醍醐：本指酥酪上凝聚的油，此处形容清凉舒适。唐代顾况《行路难》："岂知灌顶有醍醐，能使清凉头不热。"

⑦箨（tuò）冠：竹皮冠，用竹笋皮制作而成的帽子。蕉服：用芭蕉纤维制作的衣服。薤簟（xiè diàn）：用薤草编织的席子。筠帘：竹制门窗帘。

⑧蔗境弥甘：《世说新语·排调》："顾长康啖甘蔗，先食尾。人问所以，云：'渐至佳境。'"

⑨槐国：即大槐安国，唐李公佐《南柯太守传》中虚构之国。写淳于梦醉后梦入大槐安国，被招为驸马，任南柯太守，享尽荣华富贵，醒后方知大槐安国即槐树下一蚁穴。

⑩《辟寒》：陈继儒编纂，收录御寒取暖的奇闻逸事。

⑪冰炭：指冰和炭。比喻互不相容的事物或发生矛盾冲突。

**【赏读】**

本文是眉公为自撰的《销夏部》所作的序文，先写古人避暑方法，"其苦不胜与祝融敌矣"。而老宿所说的避暑方法，又无法做到。只有山中避暑方为上策。然后联想到四大寒暑，莫可解脱，发人深省。最后点题《销夏部》。

文中描写山中避暑，寥寥数语，妙趣横生。读《销夏部》亦可解暑，有道之士超脱于四大寒暑之外，虽处炎夏，犹立风雪之中，《销夏部》则如风雪之中清凉扇子，凉上加凉。语言风趣幽默，读之令人忍俊不禁。行文骈散相间，清新自然。

## 《酒颠》小叙

夏茂卿撰《酒颠》①，侈引东方、郦生、毕卓、刘伶诸人②，以策酒勋，辩哉无以应矣。

予不饮酒，即饮，未能胜一蕉叶③，然颇谙酒中风味。大约太醉近昏，太醒近散，非醉非醒，如憨婴儿；胸中浩浩，如太空无纤云，万里无寸草，华胥无国④，混沌无谱⑤，梦觉半颠，不颠亦半：此真酒徒也。

毕忘盗，未忘瓮⑥；刘忘埋，未忘锸⑦。俗人治生，道人学死；圣人之教，生荣而死哀⑧：是皆有生死在耳。

然则将何如？乐天不云乎："吾尝终日不食，终夜不寝，以思无益，不如且饮。"⑨

【注释】

①夏茂卿：夏树芳，字茂卿，号冰莲道人，著有《酒颠》二卷，记载历代酒者酒事。

②东方：东方朔，西汉人，好诙谐，擅谈笑。"尝醉入

殿中，小遗殿上"，被免为庶人。郦生：郦食其，汉初名士，谒见沛公，自称"高阳酒徒"。毕卓：字茂世，东晋人，自言："一手持蟹螯，一手持酒杯，拍浮酒池中，便足了一生。"曾为吏部郎，因饮酒废职。刘伶：魏晋"竹林七贤"之一，自言："天生刘伶，以酒为名，一饮一斛，五斗解酲。"

③蕉叶：一种浅底酒杯。

④华胥：传说中的理想国度，见于《列子·黄帝》，传说黄帝梦入华胥国，而后天下大治。又有华胥梦，指梦境。

⑤混沌：传说盘古开辟天地之前天地混融一体的自然状态。

⑥毕忘盗，未忘瓮：《世说新语·任诞》笺疏引《晋中兴书》："（毕卓）太兴末为吏部郎，尝饮酒废职。比舍郎酿酒熟，卓因醉，夜至其瓮间取饮之。主者谓是盗，执而缚之。知为吏部也，释之。卓遂引主人燕瓮侧，取醉而去。"

⑦刘忘埋，未忘锸：《晋书·刘伶传》："（刘伶）常乘鹿车，携一壶酒，使人荷锸而随之，谓曰：'死便埋我。'"

⑧生荣而死哀：《论语·子张》中，子贡言孔子："其生也荣，其死也哀，如之何其可及也？"

⑨"乐天不云乎"句：白居易，字乐天。《论语·卫灵公》："子曰：'吾尝终日不食，终夜不寝，以思无益，不如学也。'"这里白居易化用孔子之言。

**【赏读】**

　　眉公虽不能饮酒，但是自称"颇谙酒中风味"，认为醉酒应有度，太醉不可，太醒亦不可，应在半醉半醒之间，如憨态婴儿，胸中浩浩无纤尘，这才是真正的酒徒。然而，半醉半醒之间，半颠不颠之中，虽然暂时可能达到"华胥无国，混沌无谱"的超脱境界，却终不能超脱世俗、超越生死。本文风格恰似眉公自己所说的"真酒徒"，半醉半醒，半颠不颠，半庄重半戏谑，半超脱半牵绊，半豪放半忧郁，人生苦乐，尽在酒中。

# 《驶雪斋集》序①

戊午元旦大雪,余与二三同好,拥炉命酒,酒后呼侍儿捧雪蘸墨,曰:"今日了张观甫《驶雪斋集》叙。"

盖观甫世居金陵,其尊人德馨将军好诗,观甫自绾发②,即工有韵语,德馨夸示坐上客曰:"此吾家狮雏虎子,非特气可食牛,即百兽闻之,且将脑裂矣。"已试武闱,举上第,主司读其文曰:"才子,才子!"初将娄江,再将电白,三将翁州,所至声实相副,威能止小儿啼③,清能使鬼神服④。检其装,绝无岭南珠、吴门练,仅诗草数卷而已。当事者辐辏腾荐,业已加御副总戎,与大将军协守全浙。度其跃马枕戈,似无暇受简抽毫,而观甫以少年部署诸宿将,皆凛凛约束。目今海不波,风不腥,晏然称东南半壁者,已四载于兹矣。观甫以不律为刀剑⑤,以陶泓为营垒⑥,以侧理为旌旗⑦,以隃麋为血战⑧,以章法、句法、字法为节制部伍,以飞扬闪铄为鞭电驱霆,耀日绘月,

卷一 序跋

而词场中始称八面无敌。观甫之诗法，即古司马之兵法也，而谓有二乎哉？

假令观甫非通才，决不能读万卷书；不读万卷书，决不能当筵对客，登高作赋，精丽高雅，滚滚出骚人墨卿上。无事则约言如镞，修言如矛，有事则上马作檄，下马作露布⑨，此不过谈笑弹指间耳。

吾尝读张桓侯《刁斗铭》⑩，又读张睢阳《判若诗》⑪，恨其全集不传。今观甫当主圣时清之候，垂名山大川之篇，印如斗，笔如椽，文武兼资，身名俱泰，即君家两公⑫，不能如观甫之遭也，故乐而为之叙。

## 【注释】

①《驶雪斋集》：张大可著。张大可，字观甫，应天（今江苏南京）人，幼警敏，读诸家兵法。万历二十九年（1601）中武进士，官至登莱总兵官，进右都督，谥庄节。"好学能诗，敦节行，有儒将风。"（《明史·张大可传》）

②绾发：束发，指年少时。

③威能止小儿啼：《太平御览》卷四八八引《魏略》曰："张辽为孙权所围，辽溃围出，复入，权众破走，由是威震江东。儿啼不肯止者，其父母以辽恐之。"

④清能使鬼神服：明代官吏王勋，正直廉洁，为政勤勉。当时明武宗在官中观戏，戏文所讲为民间恶鬼横行霸

道，不惧达官贵人，直至涞水知县王勋来到，恶鬼们才大惊失色，纷纷躲避，并言："恶鬼独惧天地正气，王勋乃民间第一清正廉洁之人。"

⑤不律：《尔雅·释器》："不律谓之笔。"郭璞注："蜀人呼笔为不律也，语之变转。"

⑥陶泓：陶制的砚台。砚中有蓄水下凹处，故名。

⑦侧理：纸名，因所用原料为海苔，又称"苔纸"，纸面上纹路纵横交错，斜侧错落，故称"侧理"。

⑧隃糜（yú mí）：墨的代称，以隃糜（治今陕西千阳东）所制为贵，故名。

⑨露布：此处指不缄封的军旅文书。

⑩张桓侯：即张飞，字益德，涿郡（治今河北涿州）人，三国时期蜀汉名将，勇武过人，谥曰"桓侯"。《刁斗铭》：明代《丹铅总录》记载四川涪陵曾发现蜀汉刁斗，上有铭文，文字甚工，乃张飞所书，是为"刁斗铭"。刁斗是古代军中器具，白天用来做饭，晚上用来打更。

⑪张睢阳：即张巡，唐代名臣，开元进士。安史之乱中，与许远镇守睢阳（今河南商丘南）抵御叛军，兵败被俘遇害。

⑫君家两公：指张飞与张巡。

**【赏读】**

本文是为张大可《驶雪斋集》所作的序文，张大可文武双全，中过武进士，又好学擅诗，有儒将之风。眉公结合张大可的身份，以"武"写"文"：以笔为刀剑，以砚为营垒，以纸为旌旗，以墨为血战，纵横驰骋，气势磅礴，体现出张大可诗作不同于其他文人的风格特点，一位"无事则约言如镞，修言如矛，有事则上马作檄，下马作露布"的儒将形象跃然纸上。本文行文也多用排比，气势昂然，与文中的人物形象浑然一体，相得益彰。

## 《渡淮草》序①

吾师溯江及淮,春秋已七十五矣。不荷陶舆②,不摄谢屐③,兴所至,必游;游所至,必赠答题咏。或巨公设醴④,或同侪载酒,其他钦风问道,踵相啮而叩者⑤,几不能容坐,而吾师悠然应之,曾无倦色,望见者以为神仙。然四五月之交,暑气燔灼,霪雨彻日夜不止。低头篷底,良为师苦之。及见《渡淮草》,天真烂漫,老笔纷披,既可立驱旅怀,兼能坐忘暑雨。虽驰万里,负五岳,何足难吾师哉!

吾闻淮涡有水神,曰支无祈⑥,颈伸百尺,力逾九象。禹命庚辰锁大索,穿金铃,置之龟山足下,而水患始平。今自淮以及吴越,水且稽天,将支无祈复出人间,则请何法以镇之?

师笑曰:"我过润州,访米南宫之海岳⑦;登金山,陟苏子瞻之妙高⑧,何意觅漂母金⑨,亦何力与水神战?子姑读《渡淮草》,以示我之豪于游,且豪于诗而已。"

儒退而喜曰："师如是，其寿盖无量哉！"

## 【注释】

①《渡淮草》：何三畏游记。何三畏，字士抑，陈继儒之师，曾仕宦绍兴，后隐退。

②陶舆：《宋书·隐逸传·陶潜传》："潜有脚疾，使一门生二儿舆篮舆。"篮舆，古人的代步工具，形制不一，以人力抬行，类似轿子。

③谢屐：一种登山穿的木屐。《宋书·谢灵运传》记载谢灵运："寻山陟岭，必造幽峻，岩嶂千重，莫不备尽。登蹑常著木履，上山则去前齿，下山去其后齿。"

④设醴（lǐ）：摆酒宴。《汉书·楚元王刘交传》："元王每置酒，常为穆生设醴。"颜师古注："醴，甘酒也。"后以"设醴"指礼遇贤士。

⑤踵相啮：接踵而至，喻来客至多。踵，脚后跟。啮，咬。

⑥支无祈：又名"无支祁""无支奇""巫支祁"，传说为淮涡水神。《太平广记》引《岳渎经》第八卷："禹理水，三至桐柏山，惊风走雷，石号木鸣，五伯拥川，天老肃兵，不能兴。禹怒……乃获淮涡水神，名无支祁。善应对言语，辨江淮之浅深，原隰之远近。形若猿猴，缩鼻高额，青躯白首，金目雪牙，颈伸百尺，力逾九象，搏击腾踔疾奔，轻利倏忽，闻视不可久。……庚辰之后，皆图此形者，免淮涛风

雨之难。"庚辰,传说中的上界天神,曾助大禹治水,降服无支祁。

⑦米南宫之海岳:米芾曾定居润州(治今江苏镇江),号海岳外史,海岳是其斋庵名。唐宋时称礼部官员为"南宫舍人",米芾曾任礼部员外郎,故称米南宫。

⑧苏子瞻之妙高:苏轼,字子瞻。妙高是今江苏镇江西北金山最高峰。苏轼曾游金山,写下《游金山寺》诗。又,金山原名浮玉山,位于今江苏镇江西北。唐时裴头陀于江边获金,遂改为金山,此并用其事。

⑨漂母金:韩信年少时受漂母一饭之恩,功成名就时不忘旧恩找到漂母赐其千金。《史记·淮阴侯列传》:"信钓于城下,诸母漂,有一母见信饥,饭信,竟漂数十日。……信至国,召所从食漂母,赐千金。"漂母,漂洗衣物的老妇。

## 【赏读】

何三畏以古稀之年溯江及淮,徒步游历,又加送往迎来,赠答题咏,竟无倦色。眉公深为感佩。然正当暑气燔灼,淫雨不止,自淮以及吴越,水且稽天,无支祁复出,眉公为之忧苦,何三畏却不以为意。及读其《渡淮草》,天真烂漫,老笔纷披,无羁旅暑雨之苦,却有登临访古之乐,眉公为之喜。何三畏豪气干云,豪于游且豪于诗。有豪气在胸,虽暑雨奔波,亦何苦之有。

本文写眉公对待老师的心理和态度的变化,由感佩到忧苦,再到为之喜,表明眉公对老师何三畏的关心和爱戴,同时也从侧面表现了何三畏豪放洒脱的性格及其《渡淮草》诗作浪漫雄健的风格特点。

## 《五言诗》序

张平仲使君居浒墅①,日在水声云气中。闭关以后,疏巾单复,但拥一编,爁一鼎②,吸数升惠泉耳③,曰:"我饮冰焚玉,不愁榷政④,愁客至,颇妨清卧。昔关尹喜仅一青牛翁⑤,今四方贵游辐辏度关,又无五千言授我⑥,仆仆腰领⑦,奈何哉?"

余曰:"孔明不居成都,而好居南阳,彼岂真恋恋隆中?直以南阳当天下之冲⑧,因以延揽四方豪杰,而且得周咨时事,故语孟公威曰⑨:'中原饶士,大丈夫何必故乡耶?'此可以识武侯矣。今榷事诚不足烦使君,然贤士大夫道经于此者,皆欲识张使君贤。使君因得以议论物色三五豪杰,以备国家异日缓急之用,则浒墅官舍,故平仲之南阳草庐也。"

使君曰:"余则安敢!且性懒不解酬对,惟除土种蔬,结棚覆松,一望西山朝爽而已⑩。兴至间一赋诗,诗亦不甚多,五言诗仅得三十余章。"

仆读之,骨苍而韵俊,神清而调真,其虚和安雅之意，具见乎辞，非特刘长卿五言城不能抗衡⑪，即老子出关五千言，无烦强授书矣。

**【注释】**

①张平仲：税务官员。浒墅：今江苏苏州市虎丘区有浒墅关镇。

②焫（yuè）：火光，此处为点燃。

③惠泉：即江苏无锡惠山泉泉水，以之烹茶，醇香甘冽，唐代陆羽等人曾评其为"天下第二泉"。

④榷政：征税的事务。

⑤关尹喜：名喜的关尹。关尹，官名，即守关吏。《史记·老子韩非列传》："老子修道德，其学以自隐无名为务。居周久之，见周之衰，乃遂去。至关，关令尹喜曰：'子将隐矣，强为我著书。'于是老子乃著书上下篇，言道德之意五千余言而去，莫知其所终。"汉刘向《列仙传》："老子西游，关令尹喜望见有紫气浮关，而老子果乘青牛而过也。"

⑥五千言：指老子的《道德经》。

⑦仆仆腰领：因忙于奉迎送往而劳累。仆仆，形容奔波劳碌。

⑧冲：通行的大路，重要的地方。

⑨孟公威：孟建，字公威，三国时期汝南（今河南上蔡）人，早年与诸葛亮为友，后仕曹魏为凉州刺史，官至征东将军。

⑩西山朝爽：《世说新语·简傲》："（王子猷）以手版拄颊云：'西山朝来，致有爽气。'"宋刘辰翁《水调歌头·和马观复石头渡寄韵》："倚遍西山朝爽，行过石头旧渡，久别忽经怀。"朝爽，早晨明朗开豁的景象。

⑪刘长卿五言城：刘长卿，字文房，宣城（今属安徽）人，一作河间（今属河北）人。唐代诗人，工于诗，长于五言诗，被称为"五言长城"。

**【赏读】**

张平仲使君虽是一地方税官，却颇有清修雅趣。政务之外，除土种蔬，结棚覆松，日望西山朝爽，兴至间一赋诗。本文即是眉公为其《五言诗》所作序文。文章采用问答体形式，一问一答之间，张平仲其人跃然生动，如在目前。文中将张平仲与诸葛孔明并提，将其官舍比作南阳草庐。评价其五言诗，认为即使被称为"五言长城"的刘长卿也难以与之抗衡，甚至无须老子强授《道德经》与他，他似已自得道家真谛矣。恭维客套之间不乏风趣幽默。全文形式自由活泼，风格诙谐有趣，是一篇生动别致的序文。

## 《醉吟草》叙

吾友吴鸣球,以山阴名家,隐于娄江①。娄江自王司寇、奉常游岱②,海内骚人墨卿,不复至,莫适问主盟者,独鸣球与李伊玉游从甚数,更相饮,更相赏,更相倡和,而吴醉白衔杯抵掌其间③,睥睨唊名儿,几不复安之眉睫上。三君尝过余论艺,余谓鸣球曰:"山阴有王季重④,诗文横绝一世,锦人机锦,玉人攻玉,非王季重不可。"鸣球肃衣问道,击节不容口,因遍赞于座客倪太史诸公,人人恨得鸣球晚也。

鸣球诗清快犀利,暗然有古色,正如宝剑三千,埋阖庐墓下⑤,时时向山椒树杪间,腾发夜半光怪,岂不甚奇!若进而渡钱塘,试问武肃王射潮之弩⑥,非以弩胜,以气胜也。又进而游会稽之山,禹会玉帛之诸侯者万国,济济锵锵⑦,来宾来王⑧,此非以气胜,以礼乐胜也。鸣球自山阴归,其诗精猛蹶张⑨,大有气,法度森严,又大有礼乐,合吴、越之劲,尽洞入诗中,而生平酒人、侠士之刚骨亦稍稍见焉,岂得醉吟之助乎？即以此名诗草可矣。

**【注释】**

①娄江：今江苏太仓，以境内有娄江（浏河），故称。

②王司寇：王世贞，字元美，号凤洲，又号弇州山人。太仓人，明代文学家、史学家，累官至南京刑部尚书，掌管司法和纠察，相当于古代的司寇。奉常：王世懋，王世贞之弟，字敬美，别号麟州。累官至太常少卿，掌管宗庙礼仪，相当于古代的奉常。游岱：死亡的婉称。晋张华《博物志》卷一："泰山，一曰天孙，言为天帝孙也，主召人魂魄。"岱，岱宗泰山，即东岳，在今山东省。

③抵掌：击掌，形容人在谈话中兴奋的神态，指谈话契合投机。

④王季重：王思任，字季重，号遂东，晚年号谑庵，山阴（今浙江绍兴）人，明代文学家。

⑤正如宝剑三千，埋阖庐墓下：吴王阖闾生前酷爱宝剑，死后以扁诸、鱼肠等名剑三千柄殉葬，故其墓有"剑池"之称，位于今苏州虎丘山。

⑥武肃王：钱镠，吴越开国国君，庙号太祖，谥号武肃王。《宋史·河渠志》记载："钱武肃王始筑捍海塘，在候潮门外。潮水昼夜冲激，版筑不就，因命强弩数百以射潮头，又致祷胥山祠。既而潮避钱塘，东击西陵，遂造竹器，积巨石，植以大木。堤岸既固，民居乃奠。"

⑦济济锵锵：众多且威仪貌。汉刘向《说苑·建本》："有昭辟雍，有贤泮宫，田里周行，济济锵锵，而相从执质，有族以文。"

⑧来宾来王：指古代诸侯朝觐天子。宾，服从，归顺。来王，《尚书·大禹谟》："无怠无荒，四夷来王。"

⑨矍张：勇健有力。

【赏读】

本文先写鸣球其人，后写鸣球之诗。鸣球其人，交接豪友，相饮相赏，更相倡和，抵掌而谈，一闻贤者，则肃衣问道，人人相见恨晚。鸣球之诗，清快犀利，如宝剑之光；以气取胜，如射潮之弩；法度森严，如大禹会诸侯。写鸣球其人，采用侧面烘托，通过豪友二三和他人的赞许，表现鸣球豪爽的性格特点。写鸣球之诗，采用博喻手法，通过剑光、射弩和禹会诸侯，突出鸣球诗"精猛矍张"、气势饱满、法度森严的风格特点。有其人则有其诗。

本文风格正如鸣球其人其诗，尤其是后半部分，宝剑、弓弩，充满犀利之气，大禹朝会则庄严肃穆，文章富于气势又章法谨严，与鸣球其人其诗融为一体，浑然天成。

## 《戴元镇诗》叙

戴元镇既成进士,天子赐休沐归①,为谢一切郡国守相及宾客之羔雁,乃从修竹冈下,发其故所埋诗草,手理之。其门阒寂②,如给孤园③,而其据梧咏歌之声④,远与浦上涛相韵也。业成,贻书陈子使为序。

余惟元镇之道昌矣,顾何取于山泽之言,而强以糠秕前导哉⑤?甚矣元镇之好奇也!广南之人,孔雀以为腊,鹦鹉以为脍,而独烹蒲菹蕨笋以供客,仙人道士,高冠峨峨,长剑陆离,而不能舍芙蓉之佩,薜荔之裳⑥,甚矣元镇之好奇也!将无类是欤?

元镇为诸生时,其志已在千古,象纬以前⑦,鸿宝以后⑧,皆朝畋而暮渔之。时一奏韵语,秘不示人,第形与影赓和而已,而顾独昵余甚,以是,尽发余以枕中之奇。余读之,松风度而孤鹤鸣也。酣其破章郉⑨,而静者入淮蔡也⑩;雍雍肃肃⑪,蘧伯玉之车音⑫,而孙真人之啸声也⑬;疏疏莽莽,灌坛之风雨⑭,而峨眉、泰岱之积雪也。君之技何以遂至此!

元镇负经世之略，而多遗世之志，其名落风尘马蹄间，而其梦长在江鸥野鹿之外。即使嗒无一言，故大历诗格中人也[15]，况悠然矢天籁而吐清商乎哉！

元镇未遇时，尝乞崇明一块土，为博士弟子师，胸中感慨荦落之气，悉付波臣涤之。已复挟其所谓烟云百变者，尽发于文章，而乘海之筏，遂为浮汉之槎[16]。今诗特君渤澥之一勺而已[17]。

元镇孝友忠信，不言而躬行，其吏材如鲸掷鹘起，人必有能物色之者。而世顾惜君不与三尺之藜为恨。夫青莲、浣花[18]，岂尽老石室间哉[19]？且石室诸公，无不束锦[20]，愿一当戴先生，则元镇自饶有千秋矣。

## 【注释】

①休沐：休息洗沐，古指官员休假。

②阒（qù）寂：静寂，宁静。

③给孤园："给孤独园"的省称。原指佛教圣地，后也用作佛寺的代称。

④据梧：倚靠着梧桐木制成的几案。《庄子·齐物论》："昭文之鼓琴也，师旷之枝策也，惠子之据梧也，三子之知几乎！"

⑤糠秕：谷子的皮壳，比喻琐碎或无价值的事物，此处用作本序文的谦称。

⑥"高冠峨峨"四句：屈原《离骚》："制芰荷以为衣兮，集芙蓉以为裳。……高余冠之岌岌兮，长余佩之陆离。"

⑦象纬：象数与谶纬。亦指星象经纬，谓日月五星。

⑧鸿宝：指道家修仙炼丹之书。

⑨破章邯：《史记·项羽本纪》记载项羽破釜沉舟，率军击破秦将章邯军。

⑩入淮蔡：《资治通鉴·唐纪》记载，唐朝名将李愬奇袭蔡州，擒获吴元济。蔡州属淮西，故称淮蔡。

⑪雍雍肃肃：形容声音整齐和谐庄重。《礼记·少仪》："鸾和之美，肃肃雍雍。"

⑫蘧伯玉：蘧瑗，字伯玉，春秋时期卫国大夫。刘向《列女传·卫灵夫人》记载，卫灵公与夫人夜坐，闻车声辚辚，至阙而止，过阙复有声，夫人判断是蘧伯玉的车声，她说："妾闻：礼下公门式路马，所以广敬也。……蘧伯玉，卫之贤大夫也，仁而有智，敬于事上，此其人必不以暗昧废礼，是以知之。"

⑬孙真人：孙登，字公和，号苏门先生，长年隐居苏门山，善弹琴，尤善长啸。《晋书·阮籍传》："籍尝于苏门山遇孙登，与商略终古及栖神导气之术，登皆不应，籍因长啸而退。至半岭，闻有声若鸾凤之音，响乎岩谷，乃登之啸也。"

⑭灌坛之风雨：晋张华《博物志》卷七记载："太公为灌坛令，武王梦妇人当道夜哭，问之，曰：'吾是东海神女，

嫁于西海神童。今灌坛令当道，废我行。我行必有大风雨，而太公有德，吾不敢以暴风雨过，是毁君德。'"灌坛，原为地名。后用以代指有德行的地方官吏。

⑮大历诗格：指唐代宗大历年间诗歌风格，代表诗人有"大历十才子"，即卢纶、钱起等。诗歌偏重形式技巧，语词优美，音律协和，雅致温醇，耐人吟讽。

⑯浮汉之槎：槎，木筏。浮槎，漂浮在水中的木筏。常指传说中往来于海上和天河间的木筏。《博物志》卷十记载，天河与大海相通，有人乘槎十余日，至一处，有城郭，见织妇、牵牛人。蜀人严君平见客星犯牵牛宿，正是此人到达天河之时。

⑰渤澥：即渤海。

⑱青莲：李白，号青莲居士。浣花：杜甫，因其曾于成都浣花溪上筑草堂以居，又被称为杜浣花。

⑲石室：传说中的神仙洞府。

⑳束锦：指馈赠的礼物。

## 【赏读】

本文先写戴元镇为人之奇：已中进士，却闭门谢客，将自己以前秘不示人的诗作整理吟咏，并请隐者陈眉公先生为之作序。次写戴元镇诗作之奇：或酣畅淋漓，或静谧幽雅，或雍雍肃肃、和谐庄重，或疏疏莽莽、寥远阔朗。接着，承诗而写，赞其诗有大历之风。不仅如此，相对于戴元镇平时所作的文章，这些诗仅仅是渤海之中的一勺水而已。最后赞其德其才，前程无量。

文章或写人，或写诗，或赞人，或赞诗，似随性为之，却极有章法，整饬有致。尤其是几处比喻，似随手拈来，无不贴切生动。时用骈句，整齐而有气势，体现眉公深厚的文字功底和娴熟的创作技巧。

## 《闽游草》叙①

吾友周公美,神骨遒雅,望之如岩窟图画中人。未四十,敕断家务②,有子孝且贤,不遣世事经怀,公美日与群从读书食酒,为名山游。客岁,游闽归,访余泖上僧舍③。出记与诗奏予,须发之间,尚聚云气,第篇中未啖荔枝、登武夷耳。

余浮白罚之④,公美倔强不肯服,曰:"我见入闽者,动以为题。然非游以贾,则游以舌,独余则否:不借邮符⑤,不乞驺骑⑥,不仗地主酒钱,此游之清者也;手无镐⑦,趾无坎,腰膝无緼帛⑧,贾勇先驱⑨,置两足于空外,置七尺于死法外,此游之任者也;猿不易枝,鸟不变声,樵牧无故识,伴侣无异同,此游之和者也。游具此三德,而时以诗为政,游无定时,故诗无定体。"余读之,其色香味隽于荔枝,而声调警快,惟幔亭《天上无忧、人间可怜》之曲⑩,庶几次响焉⑪。公美得于闽者俭,而闽中江山得于公美者奢矣。公美大笑剧余⑫。

至夜分，霜缄烛跋<sup>⑬</sup>，犹娓娓谈闽游不置。余目公美曰："宁惟游有三德，即酒德亦称是。不乱，清也；不辞，任也；不争，和也。"公美曰："人知我闽游，不知我更有醉乡游，汝何以得之？盍为我识数语，以告后之问津者！"

**【注释】**

①《闽游草》：周公美闽地游记。

②敕断：裁断，管理。敕，同"饬"，整饬。

③泖：泖湖，又名三泖，故址位于今上海。

④浮白：罚饮一杯酒。汉刘向《说苑·善说》："魏文侯与大夫饮酒，使公乘不仁为觞政，曰：'饮不釂者，浮以大白。'"

⑤邮符：古代官府发给往来人员，准许其在驿站食宿及使用其车马的凭证。

⑥驺骑：驾驭车马的随从人员。

⑦镢（jué）：有舌的环，古代用以佩璲，犹今皮带上的套环，带收紧后，以舌纳带孔而固束之。

⑧絚帛：大绳索与丝织护膝。

⑨贾勇：有勇气可售。形容很有勇气。《左传·成公二年》："齐高固入晋师，桀石以投人，禽之，而乘其车，系桑本焉，以徇齐垒，曰：'欲勇者，贾余余勇。'"杜预注："贾，卖也。言己勇有余，欲卖之。"后以"贾勇"表示鼓足

勇气之意。

⑩幔亭：用帐幕围成的亭子。《云笈七签》卷九六："武夷君，地官也，相传每于八月十五日，大会村人于武夷山上，置幔亭，化虹桥通山下。……乃令歌师彭令昭唱《人间可哀》之曲。"幔亭，又指福建武夷山，因山上有幔亭峰胜境，故称。

⑪庶几：或许可以，表示希望的语气词。次：接近。

⑫剧：戏谑，开玩笑。

⑬缄：结。烛跋：蜡烛将燃尽。

## 【赏读】

《孟子·万章下》："伯夷，圣之清者也；伊尹，圣之任者也；柳下惠，圣之和者也。"圣人具此三德。周公美因之总结自己闽游亦有三德：游不以贾，不以舌，不以邮符驵骑，不以地主酒钱，此游之清者也。无镝无坎无緷帛，贾勇先驱，此游之任者也。不扰鸟兽，樵牧、伴侣等而视之，此游之和者也。最后引出眉公所说的酒之三德。

文中神态描写尤为逼真，"须发之间，尚聚云气"，"倔强不肯服"，"大笑剧余"，"至夜分，霜缄烛跋，犹娓娓谈闽游不置"，周公美生动逼真的神态，跃然纸上。

全文紧扣"闽游"二字，先写周公美闽游归，次写闽游三德，次赞闽游之诗，最后写谈闽游，一气呵成，顺畅自然。

## 《栖真志》序①

余性好山水，既不能如焦先、孙登②，露寝窟居，又不欲如戴逵、陶弘景③，郗氏办百万赀，梁武起第，月给茯苓白蜜。但于九峰间④，搜剔岩岫，芟除榛莽，结草堂、药室以居，床头惟《老》《易》及《栖真志》而已。《栖真志》者，孝廉夏茂卿先生所撰，大约品裁类刘子政之《高士》《列仙》，而精微隽洁，又酷类临川《新语》，读之使人心魂洗刷，眉肉飞舞，恍然振衣解带，挟我于罡风灏炁之上矣⑤。

先生束发负大志，精综三氏之书⑥，笔端寸肤⑦，能化霖雨。顾久谢春官不上⑧，闭户著述，偭然抗域外之思，俯仰吟啸，神仙耶？处士耶？其英雄之退步耶？吾不得而相焉。自古英雄玩世者，进则图像麒麟⑨，退则问盟猿鹤。青山无恙，丹简尚虚，上之如范少伯、张子房、李长源无论已⑩，次则希夷子、无名公⑪，其得《易》最深，其霸王经世之略甚具，能悉敛生平之豪气雄心，栖洛阳、华山以老，盖神仙、处士皆半之。

茂卿先生非其人欤？

　　余退士无所知识，仅以丘壑烟云自骄，而先生属以《栖真志》叙，正如从捕鱼人问武陵源，知有鸡犬桃花而已，居者之为秦为晋，为仙为隐，渔父不知也。

## 【注释】

①《栖真志》：明代夏树芳撰，四卷，编取周秦至元代修真栖静者的事迹。夏树芳，字茂卿，江阴人。

②焦先：汉末隐士，字孝然。结草为庐，野火焚其庐，则露寝，食草饮水，饥则出为人客作，不冠不履，不践邪径。孙登：魏晋时期隐士，在山中挖掘土窟居住。

③戴逵：东晋隐士，工诗书画，终生不仕。《世说新语·栖逸》载郗超办百万资，"在剡，为戴公起宅，甚精整"。陶弘景：南朝齐梁时人，号华阳隐居。齐永明年间，辞官归隐，诏令月给茯苓五斤，白蜜二升，以供服饵。朝廷每有大事，无不咨询，人称"山中宰相"。事见《南史·陶弘景传》。

④九峰：华亭西北有松郡九峰，陈继儒隐居于此。

⑤罡（gāng）风灏（hào）炁：高空的风，众多的气。炁，古同"气"。

⑥三氏：指儒、释、道。

⑦寸肤：古代长度单位，一指宽为寸，四指宽为肤。

⑧久谢春官不上：指久不参加科举考试。春官，礼部的

别称。

⑨麒麟：汉代阁名，供奉功臣。甘露三年（前51），汉宣帝因匈奴归降，令人绘制十一名功臣图像于麒麟阁，以示褒奖，成为人臣荣耀之最。

⑩范少伯：范蠡，字少伯，辅佐越王勾践灭吴，功成身退。张子房：张良，字子房，辅佐汉高祖刘邦灭楚兴汉，功成身退。李长源：李泌，字长源，历仕唐玄宗、肃宗、代宗、德宗四朝，封邺侯，好神仙道术。

⑪希夷子：五代宋初道士陈抟，精于《周易》，宋太宗赐号"希夷先生"。无名公：南唐聂绍元，好老庄，自号无名子，隐居问政山。

## 【赏读】

本文先简单介绍《栖真志》：精微隽洁，读之令人忘俗。然后盛赞作者夏茂卿，将其与范蠡、张良、李泌、陈抟、聂绍元等人相提并论，称其是怀有霸王经世之略而身隐山林的神仙、处士、英雄。最后以自谦作结。文中眉公两次谦逊，一在开头，虽性好山水，但远不如焦先、孙登、戴逵、陶弘景等人；一在结尾，自称退士，如武陵之渔父，虽在桃源，却茫无所知。全文妙趣横生，摇曳生姿。

## 《花史》跋

有野趣而不知乐者,樵牧是也;有果蓏而不及尝者,菜佣牙贩是也;有花木而不能享者,达人贵人是也。

古之名贤,独渊明寄兴,往往在桑麻松菊、田野篱落之间。东坡好种植,能手接花木。此得之性生①,不可得而强也。强之,虽授以《花史》,将艴然掷而去之②。

若果性近而复好焉,请相与偃曝林间③,谛看花开花落④,便与千万年兴亡盛衰之辙何异?虽谓二十一史⑤,尽在《左编》一史中可也⑥。

【注释】

①性生:天性生成。

②艴(bó)然:生气的样子。

③偃曝:仰卧着晒太阳。

④谛看:仔细观看。

⑤二十一史：明代时，将《史记》《汉书》《后汉书》《三国志》《晋书》《宋书》《南齐书》《梁书》《陈书》《魏书》《北齐书》《周书》《隋书》《南史》《北史》《新唐书》《新五代史》《宋史》《辽史》《金史》《元史》，合称"二十一史"。此处指历史兴衰。

⑥《左编》：指《花史左编》，又名《花史》，二十七卷，王路撰，载花之品目故实，分类编辑。王路，明代学者，字仲遵，嘉兴人。

## 【赏读】

本文短小浅易，清新雅致，随意点染，疏淡有致。书虽名为《花史》，实与千万年兴亡盛衰之辙无异，世人只知历史兴衰之事，难得《花史》之趣，唯有天性风雅之人，方得《花史》意趣。与一二同道，仰卧林间，看花开花落，何等惬意娴雅。

# 诗集小引

癸丑春王十日,看梅玄墓,回楫虎丘,读诸君子联舟泛月之咏,使人眉舞肉飞,声斯气夺。俊矣快矣!险矣奇矣!当其静也,闲门古寺,甘冷淡于折脚铛中①;及其动也,艳舞清歌,逞豪华于点头山下②。天涯兄弟,偶坠有情之痴;艺苑风流,不让无遮之会③。昔人云:"名士堵立,红妆成轮,置笔投杯,殆欲仙去。"④其诸君子之会乎?

眉道人艳而传之,载诗如左。

【注释】

①折脚铛:断脚锅。唐段成式《酉阳杂俎·雷》:"骙然坠地,变成熨斗、折刀、小折脚铛焉。"《景德传灯录·汾州大达无业国师》:"茅茨石室,向折脚铛子里煮饭吃过三十二十年,名利不干怀,财宝不为念,大忘人世,隐迹岩丛。"

②点头山:即虎丘。晋末高僧竺道生曾在虎丘寺讲《涅槃经》,石头皆点头。今虎丘千人石上有前人篆书"生公讲

台"四字。

③无遮之会:佛教每五年举行一次的布施僧侣的斋会。

④"昔人云"数句:北宋惠洪《跋东坡平山堂词》:"东坡登平山堂,怀醉翁,作此词。张嘉甫谓予曰:'时红妆成轮,名士堵立,看其落笔置笔,目送万里,殆欲仙去尔。'"

## 【赏读】

小文风雅清新,玲珑可爱,采用骈体,赏联舟泛月之诗,赞诸君虎丘之会,文雅风流尽在寥寥数语中。

## 《侠林》序

天上无雷霆，则人间无侠客。伊尹，侠始也。子舆氏推以圣之任①，而任侠从此昉矣②。微独孟氏，孔子曰："三军可夺帅也，匹夫不可夺志也。"③孔子一匹夫而创二百四十年之《春秋》，知我惟命，罪我惟命④，夫谁得而夺之？若其堕三都，却莱夷，沐浴而告三子⑤，直侠中之余事耳。太史公慷慨为李将军游说，下蚕室，一时无贤豪可缓急，雅慕朱家、田仲、王公、剧孟、郭解之徒，俯仰悲悼，作《游侠传》。说者谓此等儒不道、吏不赦，使懦夫曲士貌圣贤之虚名⑥，而不得爆然一见豪杰非常之作用。

有卿云甘露，无迅雷疾霆，岂天之化工也哉？人生精神意气，识量胆决，相辅而行，相轧而出。子侠乃孝，臣侠乃忠，妇侠乃烈，友侠乃信。贫贱非侠不振，患难非侠不赴，斗阋非侠不解，怨非侠不报，恩非侠不酬，冤非侠不伸，情非侠不合，祸乱非侠不克。古来自伊尹、孔孟而后，上至缨緌，下至岩谷，以及妇人女子筓鬘之流⑦，何代无侠，何侠不奇，特未有拈出之以振世人之耳目者。此洪世恬《侠林》之所由作也。

世恬，新安有道士也，家贫而行洁，博学而好奇，辛苦数十年，纂成《侠林》若干卷，徒步走云间以示陈子。

陈子曰："人心平，雷不鸣；吏得职，侠不出。客有侠，侠有林，似非世道之幸也。吾私忧窃有二：慕圣贤者，学中行不得，流而为乡愿⑧，又流而为鄙夫；慕豪杰者，学任侠不得，流而为奸雄，又流而为盗贼。君独无此虑乎？"

世恬曰："此正余之志也。余纂是书，为真侠提榜样，正为伪侠峻堤防耳。自世之有伪侠也，小则斗鸡走狗，呼卢击鞠，讻嚣叫啸，为市井白徒恶少年⑨；大则探丸发冢，煮海铸钱，结游徼为声援，倚巨室为庇阴，亡命山海，流言辇毂，刺奸、司直⑩，莫可谁何。而甚有士大夫非狷非狂，不夷不惠⑪，外若披胆，内实负心，以此命侠，乃郭解、鲁朱家鬼所唾也。侠以忠孝廉洁为根，以言必信、行必果为干，以不矜其能、不伐其德，始英雄、终神仙为果。虽未必事事步趋圣贤，若以豪杰识豪杰，则索之侠林而有余矣。善乎古之状侠也，曰侠气，曰侠肠，曰侠骨。深沉揪敛，如老氏之处柔⑫,伏生之不斗⑬,而一然诺万人必往,一叱咤千人自废。惟天壤间大有心人,正大有力人。今虬髯猬张,鸱眼鹰视,浮态盈于大宅,恶声沸于满座,吾得而相之,吾亦得而易视之。此不足以泄文士之笔锋,膏杰士之剑血,适以决裂四维⑭,抵触三尺而已⑮。侠云乎哉?侠云乎哉?"

余少好任侠,老觉身心如死灰。顷读《侠林》,类庐岳道人,听下界霹雳斗,仅同婴儿啼,了不为异,然人间多有怖而失箸者⑯,则《侠林》震世之力大矣。故诺洪君之请而为之序。

## 【注释】

①"伊尹"三句:《孟子·万章下》:"伯夷,圣之清者也;伊尹,圣之任者也;柳下惠,圣之和者也;孔子,圣之时者也。"伊尹,名伊,尹为官名。一说名挚。传为家奴出身,原为有莘氏女的陪嫁之臣。辅助商汤灭夏朝。子舆,曾参,字子舆,春秋时鲁国人,同其父曾点同师孔子。一说,子舆谓孟子,名轲,字子舆,邹国人,被后世称为"亚圣"。本文取后说。圣之任者,圣人中尽职尽责的人。

②昉:起始,开始。

③"孔子曰"三句:出自《论语·子罕》。

④"知我"二句:《孟子·滕文公下》:"孔子曰:'知

我者,其惟《春秋》乎!罪我者,其惟《春秋》乎!'"

⑤"若其"三句:三事见下。鲁定公十二年,孔子在鲁国任职,拆毁三桓的私邑费、邱、郕三都。鲁定公十年,鲁定公与齐景公相会于夹谷,齐欲以莱夷人劫鲁定公,孔子相鲁定公,斥退莱夷人,并要回了齐侵占鲁的土地。鲁哀公十四年,田成子弑齐简公,孔子沐浴朝见鲁哀公,请求伐齐,哀公让孔子告诉季孙、孟孙、叔孙。

⑥曲士:乡曲之士,此喻孤陋寡闻的人。

⑦筓(jī)髽(zhuā):筓是簪子,女子成年时所戴。髽,指古代妇人丧髻,以麻线束发。筓髽借指不同身份的女子。

⑧乡愿:指乡里貌似谨厚,而实与流俗合污的伪善者。《论语·阳货》:"乡原,德之贼也。"

⑨"呼卢"三句:呼卢,古代的一种博戏,用骰子五枚,一面涂黑,一面涂白,一掷五子皆黑者为卢,为头彩,且掷且呼,即呼卢。鞠,古代皮制的实心的球,宋以后才出现充气的皮球。白徒,不学无术之徒。

⑩"大则"数句:探丸,探取弹丸。《汉书·酷吏传》:"长安中奸猾浸多,间里少年群辈杀吏,受赇报仇,相与探丸为弹,得赤丸者斫武吏,得黑丸者斫文吏,白者主治丧。"后以"探丸借客"比喻游侠杀人报仇。唐代卢照邻《长安古意》:"挟弹飞鹰杜陵北,探丸借客渭桥西。"煮海铸钱,煮制私盐,铸造伪币。游徼(jiào),秦汉时乡官,主管巡查盗

贼。輦毂，指京城。刺奸、司直，官职名，负责探察奸情，检举不法。

⑪不夷不惠：汉代扬雄《法言·渊骞》："曰：'是夷惠之徒与？'曰：'不夷不惠，可否之间也。'"不像伯夷那样耻食周粟而饿死，也不像柳下惠那样三次罢官而不离故国，而是居于可否之间，比喻行事持平而不偏激。

⑫老氏之处柔：老子《道德经》第三十六章："柔弱胜刚强。"第七十八章："天下莫柔弱于水，而攻坚强者莫之能胜，其无以易之。弱之胜强，柔之胜刚，天下莫不知，莫能行。"

⑬伏生：名胜，秦朝博士。秦始皇焚书，伏生将书藏壁中，汉初发壁得《尚书》二十九篇。

⑭四维：《管子·牧民·国颂》："四维不张，国乃灭亡。"《管子·牧民·四维》："国有四维，一维绝则倾，二维绝则危，三维绝则覆，四维绝则灭。倾可正也，危可安也，覆可起也，灭不可复错也。何谓四维？一曰礼，二曰义，三曰廉，四曰耻。"

⑮三尺：指法律，古时将法律条文写在三尺长的竹简上，故称。

⑯怖而失箸者：《三国志·蜀书·先主传》："是时曹公从容谓先主曰：'今天下英雄，唯使君与操耳。本初之徒，不足数也。'先主方食，失匕箸。"裴松之注引《华阳国志》曰："于时正当雷震，备因谓操曰：'圣人云迅雷风烈必变，

良有以也。一震之威,乃可至于此也!'"

## 【赏读】

本文为洪世恬《侠林》作序。眉公认为,伊尹、孔孟、司马迁皆侠义之人,甚而隐士、妇人女子之中亦不乏侠义之人。然而侠有真侠与伪侠之分,真侠者,"以忠孝廉洁为根,以言必信、行必果为干,以不矜其能、不伐其德,始英雄、终神仙为果",侠之大者为国为民。伪侠者,"非狷非狂,不夷不惠,外若披胆,内实负心""浮态盈于大宅,恶声沸于满座"。

《侠林》一书正是为真侠提榜样,为伪侠峻堤防。序文列举古来侠义之士、侠义之举,骈散相间,铿锵激昂,酣畅淋漓,大有古侠之风。

## 《园史》序

余尝谓园有四难,曰:佳山水难,老树难,位置难,安名难。复有三易,曰:豪易夺,久易荒,主人不文易俗。今江南多名园,余每过辄寓目焉①。已复再游,或花明草暗而园主无暇至,即至,掉臂如邮传归矣②。或狭小前人制度,更辄而新之,园不及新,而其人骨且腐矣。或转眼而售他姓,非大榜署门,则坚镝肩户矣③。或砍木作臼,仆石为础,摧栋败垣,如水旱逃亡屋矣。即使榱桷维新④,松菊如故,而拥是园者为酒肉伧父⑤,一草一木,一字一句,使见者哕而欲呕,掩鼻、蒙面而不能须臾留也。夫有之以为恨,讵若亡之以为快乎?

吾友费无学⑥,天下才子也。其先文宪公有晁采园,太仆公有甲秀园,已君复自辟日涉园。君出入三园中,饶有湖山竹木之胜,而又性不耐苛碎,体不工献酬。摆簪裾,遁名誉,先别妻子,次辞亲友,尝为文以见志。其中畜建康朱琴、黄鲁直风字砚、湘累荷尊、苍玉斗各一⁷，而三教之书聚焉。居恒著述甚富，前无古人。间以其暇为韵人、韵事，歌咏品题，漫兴而续书之，遂成一家《园史》。大抵言志类萧大圜⁸，诫子类徐勉⁹，逍遥磅礴，文采隽逸，能写其意中之味与方外之乐，即陆天随之《幽居》⑩，罗景纶之《鹤林》⑪，皆未始有也。

吾昔与王元美游弇州园，公执酒四顾，咏灵运诗云："中为天地物，今为鄙夫有。"⑫余戏问曰："辋川何在⑬？盖园不难，难于园主人；主人不难，难于此园中有《四部稿》耳⑭。"公乐甚，浮余大白⑮。今吾于《园史》亦云。

虽然，以无学之才品，当置之木天一席地⑯，而乃使如椽之笔，退而修《园史》以寄傲，亦足悲已。知我者稀，无学且秘之。苟非文士，宁许窥园？不得许轻窥《园史》。

## 【注释】

①寓目：观赏。

②掉臂：甩动胳膊走开，表示不顾而去。邮传：驿传，传递文书的驿站。

③坚镭（jué）扃户：锁闭门户。镭，箱子上安锁的环状物，借指锁。扃，关闭。

④榱桷（cuī jué）：屋椽，此代指房屋。

⑤伧父：粗俗鄙贱之人。

⑥费无学：费元禄，字学卿，又字无学，铅山人，著有《晁采馆清课》《甲秀园集》等。

⑦黄鲁直：黄庭坚，字鲁直。湘累：指屈原。荷尊：荷形的酒器。苍玉斗：酒器。

⑧萧大圜：字仁显，北朝周、隋间文学家，梁简文帝之子，封乐梁郡王。入北周，加车骑大将军、仪同三司，隋初拜内史侍郎，著有《梁旧事》《寓记》等。

⑨徐勉：字修仁，南朝梁时名臣、文学家，官至右光禄大夫等，善属文，勤著述，著有《诫子书》。

⑩陆天随：唐代文学家陆龟蒙，字鲁望，号天随子、江湖散人，隐居甫里，著有《幽居赋》。

⑪罗景纶：南宋罗大经，字景纶，号儒林，又号鹤林，著有《鹤林玉露》。

⑫"中为"二句：出自谢灵运《山家诗》。

⑬辋川：指唐代诗人王维的辋川别业，位于陕西蓝田。

⑭《四部稿》：即王世贞所著文集《弇州山人四部稿》一百七十四卷。

⑮浮余大白：让我饮一满杯酒，意指畅饮。

⑯木天：秘书阁的别称，亦指翰林院。

## 【赏读】

佳园难得，佳主人亦难得，佳文更是难得。费无学

《园史》便是难得的佳文,"逍遥磅礴,文采隽逸,能写其意中之味与方外之乐",甚至陆龟蒙《幽居赋》、罗景纶《鹤林玉露》也无法与之相比。费无学珍惜秘藏,非文雅之士不许窥园,亦不许窥《园史》。叹赏之余,眉公亦颇感慨:一则,佳园易失,或失之豪夺,或失之荒疏,或失之主人粗俗。二则,费无学禀赋翰林之才,却只得退而修书以抒怀寄傲,令人不免为之悲慨不平。眉公是费无学一知己,也是《园史》一知音。明人卫咏《冰雪携》将此文选为序类第一篇。

## 《王辰玉集》序①

往余与辰玉并研席②,时弇州公与文肃公③,皆居南城靖庐。两家子弟更相社,文成奏两公,两公又转委之曰:"且以视两学使者。"盖麟洲先生归自秦,和石先生归自洛,一时四王震海内④。然皆操制举义相劵责⑤,而辰玉与余独好为古文诗歌,文肃公闻之,弗诃诘也。辰玉每读书,自首逮尾,矻矻丹铅⑥,虽数百卷中苟细笺注,不轻放一字。余曰:"孔明略观大意,渊明不求甚解⑦,而子胡自苦为?"辰玉笑曰:"卿用卿法,我用我法。"虽然,读书与立身相似,要须有本末,非可苟而已也。乙酉,与余应应天京兆试,罢归,游武林,寓僧舍,山空月明,虎嗥户外,两人唱险韵,递为长歌,歌成而酒寒者罚,往往斗句如风雨骤至,鹘兔交驰,落笔掣去,不复便能记忆。以后如此类者甚众。丙戌,余掷青衫⑧,辰玉从京邸寓书云:"非久,相从为杨许碧落之游矣。"余答云:"杨许且置,辋川王裴⑨,吾两人故有成言,子勉之矣。"戊子,中顺天解额，十年不字。辛丑，擢上第，遂请终养。余迎笑曰："王郎信非食言者。"辰玉叹曰："吾归非独谢子，且以谢高、饶两公，两公唐子方也⑩。家君疏荐之不报，今两公尚顿田间，而余为瀛州散吏⑪，安欤否欤？请自是，日月而往，与子钩深致远⑫，纵读天下之书，无为问辈上矣。"噫嘻，讵意辰玉之竟至斯也！初，江陵夺情，文肃公争丧次，救吴、赵两太史⑬，祸叵测，辰玉和《归去来辞》以招之。文肃公持以谓人曰："吾不归，将无为孺子所笑？"

辰玉方四十，名动京师。已当弇州公主盟，四方客辐辏门下，点额曝腮⑭，辰玉独崛强以通家子见，不以北面见，曰："大丈夫岂肯寄人篱落，傍人门户？"然弇州公数数从他所购其诗若文读之，辄曰："才子！才子！"或与之顺流而谈古今成否得失之故，横口之所出，横笔之所书，小则解人颐，大则中国家膏肓肯綮。于是且叹且惊，又知辰玉果天下士也。

辰玉诗，沉雄鲜爽学韩、杜，文章精辨宏衍，学荀卿、刘中垒⑮。久则机局新，炉韛足，节制整，遂成卓尔一家之言。书法出入颜鲁公、苏学士⑯。游戏而为乐府诗余，即宋元当行家，无以过也。分辰玉之才，自可荫映数辈，而不幸生于相门，为门地所掩，又为数十年功名所缚。若朝廷超格用人，如唐宋故事，决能吐去鸡肋，何遽不为李赞皇、韩持国⑰？又使圭窦荜门，布衣终老，非下帷读《易》，则闭户著书，其制作度不止是，而志意不遂，命也奈何！

辰玉病久，执手顾余曰："吾昔与子相期，一人后死，则请叙其文而传之。今责在子矣。"余低回不能答。顷念前盟，又应尚玺君逊之之勤请，为铨次较雠，仅得集若干卷行于世。昔者白乐天叙京兆元居敬集⑱，烛下讽读，凄恻久之，恍然疑居敬在傍，不知其一死一生也。题诗集后云："黄壤讵知我，白头徒念君。唯将老年泪，一洒故人文。"悲夫！余乃与辰玉今日适类此。余著述不如辰玉远甚，忽为吴儿窃姓名，庞杂百出，悬赝书于国门。假令辰玉在，必且戟手顿足，作叙一通，为余伸虎贲优孟之辨⑲，而今乃已矣，后竟谁定吾文者！临叙不觉三叹。

## 【注释】

①《王辰玉集》：陈继儒为其亡友王衡所编诗文集。王辰玉，即王衡，字辰玉，号缑山，苏州太仓（今江苏太仓）人，王锡爵之子。擅诗文、戏曲，榜眼及第，授任翰林院编修，后辞官归隐，中年早卒。著有《缑山集》等，编写有《郁轮袍》等。

②并研席：指一起学习。研席，砚台与座席。

③弇(yǎn)州公：王世贞，字元美，号凤洲，又号弇州山人。明代文学家、史学家，累官至南京刑部尚书，掌管司法和纠察，相当于古代的司寇。文肃公：王锡爵，字元驭，号荆石。官至建极殿大学士，为内阁首辅。

④"盖麟洲先生"三句：麟洲先生，王世懋，字敬美，号麟洲，王世贞之弟，时称少美，擅诗文，累官至太常少卿，曾任陕西提学副使。和石先生，王鼎爵，字家驭，号和石，王锡爵之弟，曾任河南提学副使。"两学使"即指王世懋、王鼎爵。"四王"即指王世贞、王世懋、王锡爵、王鼎爵。

⑤制举义：明代科举考试的八股文。券责：《史记·田敬仲完世家》："公常执左券以责于秦、韩。"指依据规定来要求。

⑥矻矻(kū kū)：辛勤劳作貌。丹铅：指点勘书籍用的朱砂和铅粉，此指书中笺注。

⑦"孔明"二句：《三国志·蜀书·诸葛亮传》注引《魏略》曰："亮在荆州，以建安初与颍川石广元、徐元直、汝南孟公威等俱游学，三人务于精熟，而亮独观其大略。"陶渊明《五柳先生传》："好读书，不求甚解。"

⑧掷青衫：表示不再参加科举考试。青衫，古时学子所穿之服。

⑨"杨许"二句：杨羲，字羲和，东晋时吴郡人，工书画，传说自幼有通灵之鉴，与许迈、许谧相交甚密。许迈，

又名许玄,慕神仙之道。许谧,许迈弟,博学清素,后归隐茅山。王裴,即王维与裴迪,二人友善,优游吟咏于王维之辋川别业。

⑩唐子方:唐介,字子方,宋神宗宰相,清正廉明,刚正不阿。

⑪瀛州:应作"瀛洲",瀛洲是传说中的仙山,登临者可以成仙,长生不老。《新唐书·褚亮传》记载,唐太宗招贤纳士,设立文学馆,让杜如晦等十八人分为三班,每日有一班六人值宿,与众人讨论诗文典籍,号"十八学士",中选者谓之"登瀛洲"。散吏:闲散的官吏。

⑫钩深致远:能钩取深处的和招致远处的。《周易·系辞上》:"探赜索隐,钩深致远。"后比喻探讨深奥的道理或指治学的广博精深。钩,钩取。致,招致。

⑬"江陵夺情"三句:张居正,明代湖广江陵(今湖北荆州市荆州区)人,时称"张江陵",开创"万历新政"。万历五年(1577),其父去世,因正值万历新政,张居正未回祖籍守制二十七个月,称为"夺情"。《明史·王锡爵传》记载,时翰林院吴中行、赵用贤等多人上疏反对张居正"夺情",居正怒,廷杖吴、赵等人,王锡爵当时掌翰林院,率十余人向张居正求解吴、赵,又独至丧次,切言之。

⑭点额:《水经注·河水四》:"《尔雅》曰:鳣,鲔也,出巩穴,三月则上渡龙门,得渡为龙矣。否则,点额而还。"点额,跳龙门的鲤鱼头触石壁,后指仕途失意或应试落第。

又，汉代辛氏《三秦记》："江海大鱼泊集门下数千，不得上，上则为龙，故云曝腮龙门。"曝腮：鲤鱼在龙门下曝晒鱼鳃。比喻科举落榜。此指天下士人皆以拜访王辰玉为登龙门。

⑮荀卿：荀况，即荀子，战国时期赵国人，世称荀卿，汉时因避宣帝讳，谓之孙卿。曾任稷下学宫祭酒、兰陵令，晚年专事著述。刘中垒：西汉刘向，字子政，官至中垒校尉，著有《别录》《新序》《说苑》等。

⑯颜鲁公：颜真卿，字清臣，唐代书法家、名臣，封鲁郡公，人称"颜鲁公"，"楷书四大家"之一。苏学士：苏轼，曾任翰林学士、龙图阁学士等。

⑰李赞皇：李德裕，字文饶，赵郡（治今河北赵县）人，李党领袖。曾任唐武宗时宰相，进封赞皇县伯。韩持国：韩维，字持国，北宋名臣，曾任门下侍郎、翰林学士等。为学醇正，风节素高。

⑱京兆元居敬：即元宗简，字居敬，白居易曾为其文集作序，名为《故京兆元少尹文集序》。

⑲虎贲优孟之辨：《后汉书·孔融传》："（孔融）与蔡邕素善。邕卒后，有虎贲士貌类于邕，融每酒酣，引与同坐，曰：'虽无老成人，且有典刑。'"《史记·滑稽列传》："优孟者，故楚之乐人也。长八尺，多辩，常以谈笑讽谏。"楚相孙叔敖去世后，其子贫乏，砍柴为生。优孟穿戴上孙叔敖的衣帽，模仿其神态，楚庄王见之，以为孙叔敖再生。优

孟趁机进谏，楚王遂赐孙叔敖之子封地。此处借指真伪之辨。

## 【赏读】

王衡，字辰玉，万历十六年（1588）参加顺天府乡试，中解元。因其父王锡爵入内阁，礼部郎官高桂、刑部主事饶伸弹劾其有作弊嫌疑，遂未应会试。万历二十九年（1601），王锡爵罢相已久，王衡始参加会试，以一甲榜眼及第，授翰林院编修。后辞官归隐，中年早卒。擅诗文，同时也是南剧作家。

陈眉公整理王辰玉诗文，并为其作序。序文回忆与王辰玉同窗共读、险韵长歌的时光。辰玉好为古文诗歌，读书严谨细致，不漏一字。父亲入内阁，为避嫌疑，虽中解元，亦只得归乡，十年没有出仕，只得关门读《易》，闭户著书，其才学为相门所误，为门第所掩，若破格任用，或可成一代名臣，眉公为之惋惜。序中记载辰玉生平及言语，体现其品格性情及令人感慨的一生。末段忆其病中所托，令人感凄。情景逼真，感情真挚。

明末钱谦益在《列朝诗集》中评价王辰玉道："辰玉自以宰相之子，当通达古今治体，讲求经世要务，又奋欲以制科自见，穷日夜之力于斯二者。……知其才器无所不有，固不尽于诗，而诗亦不足以尽辰玉也。……长而学殖益富，能诗善书，散华落藻，名动海内。"董其昌在《容台别集》中道："辰玉虽不沾沾论书，乃眼白一世，鲜所许可。其天骨既尔秀绝，而盘旋唐、晋间，工力兼至，或以为学苏子瞻，子瞻实不能尽辰玉也。"

## 《芙蓉庄诗》序

吾隐市，人迹之市；隐山，人迹之山。乃转为四方名岳之游，如獐独跳，不顾后群；如狮独行，不求伴侣。乐矣！然丹危翠险，梯腐藤焦，每欲飞渡而空蹑之，无乃非老人事乎！计莫若退隐田园，因作田园诗。张啸翁许为同志，和以见视，并出《芙蓉庄诗》若干卷，属余读之。

余笑曰："今诗人集满天下，其投赠寄怀，率辇上君子，凡通显有位望者，辄字之，几于无等。至问其交情始末，或彼此不相识，既识，彼此亦不能省记，而必欲胪次其姓名，以为行卷羔雁之贽①，大都一仕籍而已。"啸翁怜而唾之，凡与交游唱和者，汰不书。所作皆分梅种竹、移菊艺兰、莳茶采药，及料理农桑渔樵之事。事真，故烂漫而流便；兴率，故简至而酣畅；心细，故精综而条理；品洁，故幽微而疏快；调高，故孤直而清迥。读其诗，想见其胸次，且笑且啼，且傲且侠，且醉且醒，且仙且隐，日混村童庄客之中，而神游于时局菀枯向背之外。

古者罢侯种瓜②,逃相灌蔬③,庞公条桑④,云卿织屦⑤,其意念亦若此耳。四君子密藏遵晦⑥,并文采不少见,吊古者深以为恨。而啸翁尤幸有此集流落人间,使人名利之心顿忘,烟火之焰尽息,虽逃世,而救世之功寓矣。

啸翁数招余,颇切,义不忍作铁心人,终当一叩芙蓉庄,饮李公洼樽⑦,卧皎然桃花石枕⑧,醉呼张志和⑨:"汝曾见尔家啸翁田园诗否?"

## 【注释】

①行卷:应举者在考试前把所作诗文写成卷轴,投送朝中显贵以延誉,称为行卷。羔雁之贽:见面时所送的礼物。《周礼·大宗伯》:"卿执羔,大夫执雁。"

②罢侯种瓜:《史记·萧相国世家》:"召平者,故秦东陵侯。秦破,为布衣,贫,种瓜于长安城东。瓜美,故世俗谓之东陵瓜,从召平以为名也。"

③逃相灌蔬:《史记·鲁仲连邹阳列传》:"於陵子仲辞三公为人灌园。"裴骃集解:"《列士传》曰:'楚於陵子仲,楚王欲以为相,而不许,为人灌园。'"於陵子仲,即陈仲子,又称田仲、陈仲、於陵仲子,战国时期齐国思想家、隐士。

④庞公条桑：庞德公，东汉名士，南郡襄阳人。《后汉书·逸民传·庞公传》记载，其居岘山之南，从事农耕，未尝入城府。后携其妻子登鹿门山，采药不返。条桑，犹言采桑，此代指农耕劳作。《诗经·豳风·七月》："蚕月条桑，取彼斧斨，以伐远扬。"

⑤云卿织屦：《宋史·隐逸传·苏云卿传》记载，南宋苏云卿与张浚为布衣交，隐居豫章东湖，种蔬织屦为生。后张浚为相，曾派人访求云卿，云卿夜遁，不知所往。

⑥遵晦：退居以待时机。

⑦李公洼樽：唐开元中李适之登岘山，见山上有石窦如酒樽，可注斗酒，因建亭其上，名曰"洼樽"。颜真卿《登岘山观李左相石樽联句》："李公登饮处，因石为洼樽。"

⑧皎然：唐代诗僧，俗姓谢，著有《诗式》，有诗《桃花石枕歌送安吉康丞》。

⑨张志和：字子同，号玄真子，肃宗时待诏翰林，贬南浦尉。后辞官归隐，浪迹江湖，扁舟垂纶，以渔樵为乐。著有《玄真子》。

## 【赏读】

眉公之友张啸翁，隐居田园，以分梅种竹、莳茶采药、农桑渔樵为乐。其性率真，品洁调高，故其诗烂漫而流便，简至而酣畅，精综而条理，幽微而疏快，孤直而清迥。读之令人望峰息心，窥谷忘返，赞叹其虽逃世而有救世之功。文章排比用事,典雅而不乏风趣。文中提到当时诗文投赠现象,卫泳《冰雪携》评论道:"时人著诗作羔雁,大都一仕籍而已,忆世庙时有金陵诗人,于元日有《怀分宜》诗,一友戏曰:'开岁第一日,怀朝中第一官,至腊月晦日未必怀及我辈。'此语可为诗社一砭。"丁允和、陆云龙《皇明十六家小品》评曰:"'大都一仕籍',评今诗稿确矣,文亦夷犹自快。"

## 《卧游清福编》叙

俞使君宰华亭之三年,政洁而民和,弦歌之暇①,手纂《卧游清福编》,命陈子序之。

余闻之,名山洞府,造物不付之冠剑车骑贵人,而私之隐君子,此语似有致而实否否。夫王公大人之游,或侍宸舆,或领使节,屯军驻跸,问俗褰帷②,小有未济,则兵丁曹伍,腰镰负锸而前导之,能使目与足两无憾而后止。若蓬翟逸民③,不过三尺筇与一辆屐耳④,历览几何?而辱之曰:"游。"则不得不退寻纸上之陈迹,而指数之曰:"是某水,是某丘。"若置其身于空青钝碧之间⑤,以稍自宽云耳。则《卧游编》者,冠剑车骑贵人可无,而隐君子不可不有也。

且山游之难,我知之矣。巨灵五丁洗凿之地⑥,半出于神鬼护呵,俗子命车,则风雷雨雹随其后,非夙具灵根者不能游。猱岩虎窟,蛟穴鼍宫,与夫族冢、丛祠之林,狐狸啸而鸺鹠啼,非有胆智者不能游。栈腐梯残,葛枯萝脆,非捷如猿鸟而顽如樵牧者不能游。

寒暑载途，变色而进，喘不续吁，胸与膝拄，非精爽壮旺而好奇者不能游。诸游具矣，而纠于俗务，顿于老病，左于非时，甚则兴尽者才尽，才尽者山川之秀亦尽，而游不必记，记不必文者多矣。甚矣游之难也，非游之难也，难于上帝之清福也。

嗟乎！自古山川幻住，陵谷变迁，海底尘飞，蓬莱水浅⑦，即天地且无所恃以久存，而何况山川，又何况游者！尝试访古今游客姓氏于仆碑断础中，野草夕阳，冥冥漠漠，而幸有一二记游尚在，则昔人涵云啸月，讨松论桂之意，仿佛可求。而穆王八骏之所未巡，秦、隋六龙之所不及，临幸者⑧，皆得与巢公一巢⑨，壶公一壶⑩，共缩而游之几上。比之王玄仲举烟为信⑪，韩昌黎恸哭缒书⑫，讵为劳逸哉？

是编也，无问隐君子与冠剑车骑贵人，但有清福音，然后出此以授之。

## 【注释】

①弦歌：《论语·阳货》："子之武城，闻弦歌之声。"子游以礼乐治理武城，此指俞使君政务清明。

②襄帷：《后汉书·贾琮传》："琮为冀州刺史，旧典，传车骖驾，垂赤帷裳，迎于州界。及琮之部，升车言曰：'刺史当远视广听，纠察美恶，何有反垂帷裳以自掩塞乎？'

乃命御者褰之。"后以"褰帷"指官吏体察民情，施政清廉。

③蓬藋：蓬草和藋草，泛指草莽，代指贫者所居草舍。逸民：避世隐居的人。

④三尺筇（qióng）：指竹杖。

⑤空青钝碧：空灵青色或凝重绿色，指各种景色。

⑥巨灵：神话传说中劈开华山的河神。《文选》中张衡《西京赋》云："缀以二华，巨灵赑屃，高掌远跖，以流河曲，厥迹犹存。"薛综注："巨灵，河神也。……古语云：此本一山，当河水过之而曲行，河之神以手擘开其上，足蹈离其下，中分为二，以通河流。手足之迹，于今尚在。"五丁：神话传说中的五个力士，力能开山。《艺文类聚》卷七引扬雄《蜀王本纪》："天为蜀王生五丁力士，能献山。秦王献美女与蜀王，蜀王遣五丁迎女。见一大蛇入山穴中，五丁并引蛇，山崩，秦五女皆上山，化为石。"

⑦蓬莱水浅：葛洪《神仙传·王远》："麻姑自说云：'接待以来，已见东海三为桑田。向到蓬莱，水又浅于往昔，会时略半也，岂将复还为陵陆乎？'"

⑧秦、隋六龙：秦始皇、隋炀帝的车驾。六龙，古代天子的车驾为六马，马八尺称龙。因以作为天子车驾的代称。

⑨巢公：又称"巢父"，传说中的隐士，因以树为巢而居，人称巢父。

⑩壶公：传说中的仙人。《水经注·汝水》记载，壶公姓王，费长房从之学仙，同入壶中，隐沦仙路。《云笈七笺》

卷二十八引《云台治中录》言：鲁人施存，其壶能变化为天地，中有日月如世间，夜宿其间，自号"壶天"，人称壶公。

⑪王玄仲举烟为信：唐皇甫枚《三水小牍》记载王玄冲登华山莲花峰事："去秋，有士人王玄冲者，来自天姥。云游涉名山，亦尽东南之美矣。惟有华山莲花峰，今则方伺一登耳。计其五千仞为一旬之程，既上当燔烟为信。"《小说旧闻记》亦有记载，均作"王玄冲"。

⑫韩昌黎恸哭缒书：唐德宗贞元十八年（802），韩愈游华山，《唐国史补》："韩愈好奇，与客登华山绝峰，度不可返，乃作遗书，发狂恸哭，华阴令百计取之，乃下。"

## 【赏读】

"游"分王公大人之游和蓬翟逸民之游。王公大人之游，车迹所穷，目与足两无遗憾；蓬翟逸民之游，仅凭杖履，历览有限，不得不从纸上找寻陈迹。读俞使君《卧游清福编》，则可卧床榻而游四海，对于蓬翟逸民，此书不可或缺。山游需素具灵根、有胆有识、敏捷而顽强、健壮而好奇、无俗务、无老病、得其时、尽其兴、文以记之，甚矣，游之难。若将天下胜景共缩于一书，卧而游之，乃难得之清福。因此，无论王公大人，还是蓬翟逸民，若得俞使君此书，便是清福。序文中紧扣"卧游清福"四字，极力渲染山游之难，以反衬卧游之福。排比用事，典雅清新，文势婉转有致。

## 《杨彦履稿》叙

彦履之文三变矣。其始也,如寒潭清涧,空绿射人。已而读书金阊①,则虬啸鲸掷,往往挟风雨而上。已而至长安②,则邕邕肃肃③,安重而宽广,如蘧伯玉之车音④。盖其文三变,而变幻多则知者愈少。秦越人伯兄之声不出家,仲兄之声不出乡⑤。而伯乐之教子相马也,不以千里而以百里,曰:"今天下尽欲乘百里马者也。"⑥

彦履之文神矣,乃时为南宫所屈⑦,彦履笑曰:"我以神往,而彼以形求,我道是耶非耶?请更进焉,我将进于百尺之竿,三寸之钩,以游戏而弄丸焉。"于是闭门著书,日供花一瓶,碾茶一饼,出簏中数束文⑧,爇异香读之⑨。

昔张燕公携文谒友生⑩,时正得宫中媚香号化楼台,友生焚以待燕公,燕公出文置香上曰:"吾文享是无忝⑪。"盖彦履之文亦如是。

**【注释】**

①金阊(chāng):苏州有金门、阊门两城门,故以金阊代指苏州。

②长安:此处指北京。西汉、隋唐时期建都于长安,故唐以后或以长安代指国都。

③邕邕肃肃:形容整齐和谐,庄严雍容。《礼记·少仪》:"鸾和之美,肃肃雍雍。"

④蘧伯玉:春秋时期卫国大夫。刘向《列女传·卫灵夫人》记载,卫灵公与夫人夜坐,闻车声辚辚,至阙而止,过阙复有声。夫人判断是蘧伯玉的车声,她说:"妾闻礼下公门,式路马,所以广敬也。……蘧伯玉,卫之贤大夫也。仁而有智,敬于事上。此其人必不以暗昧废礼,是以知之。"

⑤"秦越人"二句:《鹖冠子·世贤》记载,魏文侯问扁鹊:"子昆弟三人,其孰最善为医?"扁鹊说:"长兄最善,中兄次之,扁鹊最为下。魏文侯曰:"可得闻耶?"扁鹊曰:"长兄于病视神,未有形而除之,故名不出于家。中兄治病,其在毫毛,故名不出于闾。"秦越人,即扁鹊。

⑥"而伯乐之教子"三句:《韩非子·说林下》:"伯乐教其所憎者相千里之马,教其所爱者相驽马。千里之马时一,其利缓;驽马日售,其利急。"

⑦南宫:本为尚书省的别称,后因进士考试多在礼部举行,故又专指礼部为南宫。

卷一 序跋

⑧簏(lù)：用竹子编成的箱子。
⑨蓺(ruò)：烧。
⑩张燕公：张说，字道济，洛阳（今属河南）人。唐睿宗时，进同中书门下平章事，监修国史。玄宗时任中书令，封燕国公。前后三次为相，擅长文辞，与许国公苏颋齐名，并称"燕许大手笔"。
⑪无忝：不玷辱，无愧于。《尚书·君牙》："今命尔予翼，作股肱心膂，缵乃旧服，无忝祖考。"

## 【赏读】

　　序中连用三个比喻来形容杨彦履文章的三变：始而"如寒潭清涧，空绿射人"，清新明快；继而"虬啸鲸掷"，气势磅礴；最后"邕邕肃肃"，安重宽广。杨文三变而知者甚少，序中则用扁鹊三弟兄、伯乐教子相马的事例，批判当时急功近利的世风，能够快速带来功利的事物被推崇，真正优秀者却被忽视。彦履多次科举落第，却毫不气馁，一笑一言，闭门攻读，表现彦履的淡然、自信、无奈、执着的态度。序文结尾借张说典故，盛赞彦履之文，认为其文享用宫中媚香亦是无忝。序中善用比喻，形象生动，多处用典，恰切雅致。对于彦履落第，序中并未表现出过多的遗憾感叹，这与眉公自身的经历不无关系。中举与否并非评价文章的唯一标准，好文章自能流芳千古，泽被后世。

# 《妮古录》序①

予寡嗜，顾性独嗜法书名画，及三代秦汉彝器瑗璧之属②，以为极乐国在是。然得之于目而贮之于心，每或废寝食不去思，则又翻成清净苦海矣。

夫癖于古者，发肱箧③，椎冢墓，帝王而巧赚僧藏④，文士而俛夺人好，及其究也，至化为飘风冷烟而不可得。夫至于化为飘风冷烟而不可得也，则收藏家缄扃封闭，传之后世，可谓古人之功臣。赏鉴家批驳其真伪丑好，穷秋毫之遁情，振夏虫之积瞆⑤，可谓古人之直臣。余无长，能见而辄记之，此虽托之空言，亦不可谓非古人之史臣也。杨用修云⑥：六书中有"妮"字，"软缠"之谓，乃笑以"妮古"名录。

## 【注释】

①《妮古录》：陈继儒撰，四卷，杂记书画、碑帖、古玩及逸闻逸事。

②彝器：古代宗庙常用的青铜祭器的总称，如钟、鼎、

尊、罍、俎、豆之属。《左传·襄公十九年》:"且夫大伐小,取其所得以作彝器。"瑗,大孔的璧。璧,平圆形中间有孔的玉。

③胠箧(qū qiè):《庄子·胠箧》:"将为胠箧、探囊、发匮之盗,而为守备,则必摄缄縢、固扃镝,此世俗之所谓知也。"胠箧,本指撬开箱子,后指盗窃。胠,打开。箧,箱子。

④赚(zuàn):哄骗,诳骗。

⑤夏虫:《庄子·秋水》:"井蛙不可以语于海者,拘于虚也;夏虫不可以语于冰者,笃于时也;曲士不可以语于道者,束于教也。"夏虫,只生活在夏天的虫子,比喻见识短浅的人。

⑥杨用修:杨慎,字用修,号升庵,著名文学家,"明代三才子"之一。著述多达百余种,后人辑其要者为《升庵集》。

【赏读】

眉公性嗜书画、彝器及瑗璧之属,以为极乐国,每每废寝忘食。因作《妮古录》,杂记书画、碑帖、古玩及逸闻逸事。序中将收藏家喻为功臣,将鉴赏家喻为直臣,而将自己喻为史臣,比喻贴切新奇,体现收藏家、鉴赏家、编纂者对于收藏、保护古代文物不可磨灭的功勋。

## 《屯云居寱言》序

余草堂多在九峰间①,鹿车鱼刀②,独往独来,间挈一二逋客自随③,往往以事逸去。客笑曰:"安得武陵源、朱陈村④,鸡犬花木,耕钓婚嫁,老死不出乡耶?"余曰:"宁望是。是山数里内,倘有高流韵人,剪茆椒,筑岩户,弦诵咏歌,而余得负琴腰笛而从之,不胜许由东家邻乎⑤?"

孝子沈报余曰:"张伯复先生,近且经始细林,斧石而鹫岭出,镣路而鸟道见。不风而涛,松有万章。不速而至,峰有数点。台可扪月,溪可钓雪,橘柚花药,丛箊伟藤⑥,四面辅之。堂垂成,而邻父老来观者,叹息曰:'不意王屋张公旧游,而今果俎豆于此⑦。公而有灵,鹿窝鸂馆,月潭云洞,庶其曳杖而来斯乎?'"

余闻之大喜,迫往视状,如孝子言,而其奇更有不尽吐者。得伯复、子襄、子念父子之记若诗,而山之奇始无憾。自古祖孙文士,惟谢玄之于灵运⑧,杜审言之于子美⑨,不闻子而孙,孙而又孙者?组绣烟霞,点绘泉石,一家丽藻,将与简文古碣,素云仙蜕,共传于无穷,而余亦得往来此中。所谓"白沙翠竹江村暮,相送柴门月色新[10]。"今且实允蹈之,第未省武陵朱陈,曾有此素心两人否[11]。

**【注释】**

①九峰:华亭西北有松郡九峰,陈继儒隐居于此。

②鹿车:用人力推挽的小车。《后汉书》卷八四载鲍宣妻:"妻乃悉归侍御服饰,更著短布裳,与宣共挽鹿车归乡里。"《太平御览》卷七七五汉应劭《风俗通》:"鹿车窄小,裁容一鹿也。"鱼刀:古代传说中一种锋利的刀。郦道元《水经注·温水》记载,古林邑国嗣王范文,少为奴替人牧羊,于涧水中得二鲤鱼,持归化为石。石有铁,锻为二刀,能斫破石障。

③逋客:避世之人,隐士。

④武陵源:此处指陶渊明《桃花源诗并记》中描述的桃花源。朱陈村:白居易《朱陈村》诗:"徐州古丰县,有村曰朱陈。去县百余里,桑麻青氛氲。……田中老与幼,相见何欣欣。一村唯两姓,世世为婚姻。……既安生与死,不苦形与神。所以多寿考,往往见玄孙。"

⑤许由东家邻:《新唐书·隐逸传·田游岩传》:"田游岩,京兆三原人。永徽时,补太学生。罢归,入太白。……长史李安期表其才,召赴京师,行及汝,辞疾入箕山,居许

由祠旁,自号'由东邻',频召不出。"

⑥筱(xiǎo):细竹。

⑦俎豆:古代宴客、祭祀用的礼器。此处指祭祀、供奉。

⑧谢玄:字幼度,东晋名将,南朝宋山水诗人谢灵运的祖父。

⑨杜审言:初唐诗人,杜甫的祖父。

⑩"白沙翠竹江村暮,相送柴门月色新"二句:出自杜甫《南邻》诗。

⑪素心两人:此处指陈继儒与张伯复二人。素心人,心地纯洁,世情淡泊之人。陶渊明《移居》(其一):"闻多素心人,乐与数晨夕。"

## 【赏读】

《屯云居寱言》当是张伯复父子所作。序中描写张伯复所居,宛如一幅水墨画,随意点染,便成佳境,正是眉公所欣赏的山居生活图。他称赞张伯复父子的作品,"点绘泉石,一家丽藻",将与山中古碣仙蜕,一同流传于后世。奇景得配丽藻,终无憾矣。眉公久居松郡九峰,独往独来,日盼高流韵人来居山中,相与往来,弦诵咏歌。今忽得张伯复先生,结庐于屯云居,不胜欣喜。若如此,则九峰不输武陵源、朱陈村。序文轻快流畅,摹写山居,骈散相间,疏淡雅致,喜悦之情溢于言表。

## 《来仲楼随笔》序

吾松贞溪，故松雪赵荣禄管夫人外家①，荣禄往来泖上甚数，嗣后杨铁崖、黄公望、倪元镇②，以避兵多与曹云西游③。一时幽人豪客，舍文章书画外无事矣。明二百年来，松人士此道若续若绝。

独吾友董玄宰踵兴④，拟议以成变化，书法画格，为之一新。盖玄宰家甚贫，至典衣质产以售名绩，曰："此政如异人到门，何论金帛。若较量锱铢，便是田舍翁教子，岂能博尊贤敬士之报哉。"余口讪其言，而心壮其胆。每与余焚香披对，各忘寝食，甚则从千里寄尺一相闻⑤，娓娓无俗谈，大约起居书画无恙而已。玄宰裁鉴通明，展轴未半便能批驳好丑真伪。偶一品题，悬笔立就，皆点胸铭心之语。片词落纸，无贤不肖，怀藏以去，稍久覆视之，即玄宰亦不自记为己作也。

门人张清臣，博雅工文骚，有侯巴之嗜⑥，得即掌录，渐已成编，名《来仲楼随笔》。玄宰之楼，在南城林樾之间，以余数相过从，题曰"来仲"。余与清臣遭际太平，日向玄宰商略金题玉躞之事⑦。玄宰官有尽，而文章书画确传无疑。后世亦于残缣断纸中想见玄宰，因以叹羡吾辈为何如人，则此书亦可稍得一斑矣。玄宰上能直接米襄阳，下亦不失为赵荣禄。流离琐尾⑧，玄宰似为差胜襄阳。召对与天子共阅内府图书，锡赉赏识⑨，极一时宠遇之盛，则今日尚不足以酬玄宰也。清臣谓何？

**【注释】**

①松雪赵荣禄：松雪，赵孟頫，字子昂，号松雪道人，湖州（今属浙江）人，宋末元初著名书画家，"楷书四大家"之一，曾任翰林学士承旨、荣禄大夫，封魏国公。著有《松雪斋集》等。荣禄，官阶称号，从一品。管夫人：管道昇，字仲姬，赵孟頫之妻，书画家，与卫铄并称"书坛二夫人"。

②杨铁崖：杨维桢，字廉夫，号铁崖、铁雅、东维子等，元代著名文学家、书法家，晚年隐居松江。黄公望：字子久，号一峰、大痴道人等，常熟（今属江苏）人，元代著名书画家，尤工山水画，与吴镇、倪瓒、王蒙合称"元四家"，曾往来杭州、松江一带卖卜。作品有《富春山居图》《九峰雪霁图》等。倪元镇：倪瓒，字元镇，号云林子，无锡（今属江苏）人，元代著名画家，"元四家"之一，曾往来太湖、泖湖一带。工山水墨竹，作品有《渔庄秋霁图》《梧竹秀石图》等。

③曹云西：曹知白，字又玄，号云西，华亭（今上海市松江区）人，元代山水画家。作品有《疏松幽岫图》《群峰雪霁图》等。

④董玄宰：董其昌，字玄宰，号思白，华亭（今上海市松江区）人，明代书画家、画论家，师法董源、巨然、黄公望、倪瓒，工山水画，为陈继儒挚友。

⑤尺：尺牍，书信。

⑥侯芭之嗜：指敬事师长。侯巴，即侯芭，又名侯辅，西汉扬雄弟子。《汉书·扬雄传》："巨鹿侯芭常从雄居，受其《太玄》《法言》焉。……（雄）天凤五年卒，侯芭为起坟，丧之三年。"

⑦金题玉躞（xiè）：指极其精美的书画或书籍的装潢，此处指出版精美印本。金题，用泥金书写的题签。玉躞，玉质的书画卷轴。

⑧流离琐尾：《诗经·邶风·旄丘》："琐兮尾兮，流离之子。"毛传："琐尾，少好之貌；流离，鸟也。少好长丑，始而愉乐，终以微弱。"后以流离琐尾比喻处境由顺利转为艰难。此处指人生境遇。

⑨锡赉（lài）：赏赐。

**【赏读】**

明代二百年间，幽人豪客，书画名家，人才辈出。董玄宰亦是其中大家，书法画格，为之一新。玄宰家境甚贫,性情豪壮,裁鉴通明,才思敏捷,文不加点,悬笔立就。其弟子张清臣将其诗文采集成编,名曰《来仲楼随笔》,陈眉公为之作序。文章先写松江人杰地灵,次写董玄宰的品格、才能,最后写诗文的收集编纂,清晰有致,水到渠成,顺畅自然。

陈眉公与玄宰为莫逆之交,董其昌在为陈继儒《白石樵真稿》序言中道:"余与眉公少同学,公小余三岁,性敏心通,多闻而博识。"而陈继儒在《祭董宗伯文》中言:"少而执手,长而随肩,函盖相合,磁石相连。八十余岁,毫无间言,山林钟鼎,并峙人间。"

# 《古今粹语》序

余遁峰泖间，如秋蝉翳叶①，无四方之观。又家少秘典，仅于残书中，蠹游三十余年，未尝一食神仙字。顷与张君、陈君论迩来诸家，其好古者，钩棘僻涩，摽剥奇字怪句，以为超两京而轶三代②，然使人读之，舌本强而不快，喉噤郁而不舒。即使作者自覆其文，至不解何语。此泥古之过也。

高才生闻而笑之曰："夫，夫也，何自苦为。"于是掊击先辈，几无遗肤，而悉以方言里语，杂见于文字中，盖始于卓吾老子③。而孟浪者借以野战，空疏者借以藏拙，而庸知村墟之巫祝，非礼也，市狯之嫚骂，非狭也④，不文之非文，而不修辞之非辞也，此泥今之过也。泥今者如以徒史书⑤，施之金石碑版，识者哂之。若掇古人之皮毛，而失古人之神理，如龙马之图，虫鸟之篆，岣嵝石鼓之文⑥，岂能为笺奏军符乎哉。古有古之粹言，今有今之粹言，二者皆时为之，而血脉条理，古今人非甚相远也。天下无粹白之狐，而有粹白之裘，第采而集之何如耳？

张陈二君子，皆博雅大儒，而制作尤精凿，故此选独严。所谓宁为赏鉴家，无为收藏家者也。余故僭叙之简端。

**【注释】**

①翳（yì）叶：为树叶所遮掩。

②两京：此处代指西汉、东汉。轶三代：超过夏、商、周。

③卓吾：李贽，号卓吾，又号宏甫，明代思想家、文学家，泰州学派一代宗师，反对思想禁锢，主张"革故鼎新"，倡导"童心说"。

④狭：即"侠"，见义勇为。

⑤徒：空。

⑥岣嵝（gǒu lǒu）：南岳衡山有岣嵝峰，上有神禹碑，碑文皆蝌蚪文。韩愈《岣嵝山》诗云："岣嵝山尖神禹碑，字青石赤形模奇。科斗拳身薤倒披，鸾飘凤泊拿虎螭。"石鼓之文：中国现存最早的刻石文字，经研究，公认为秦刻石，因其刻石外形似鼓而得名。发现于唐初，共计十枚，各刻大篆四言诗一首，内容最早被认为是记叙秦王出猎盛况。原石现存北京故宫博物院石鼓馆。

**【赏读】**

张陈二君子搜古今精粹之语，集结成编，名曰《古今粹语》，陈眉公为之作序。序中批判了泥古和泥今两种文学创作风气。泥古者，搜索奇字怪句，晦涩难懂，"掇古人之皮毛，而失古人之神理"。泥今者，掊击先贤，悉以方言俚语入文字，不重修饰，粗俗不堪。泥古不可，泥今亦非。无论对古还是对今，都需要取其精华，去其糟粕。张陈二君子《古今粹语》的价值和意义不言而喻。文中通过语音、行为描摹泥古者和泥今者的神态，生动传神，跃然纸上。以村墟之巫祝、市狯之嫚骂比喻不加修饰的文章之粗俗，以龙马之图、虫鸟之篆、岣嵝石鼓之文笺奏军符来表现泥古者之荒诞不经，不切实际。有理有据，譬喻形象，非常具有说服力。

文章短小精悍，妙趣横生，语言典雅而不僻涩，通俗而不粗鄙，恰恰体现了陈眉公不泥古不泥今的文学创作观念。

## 《纪游稿》引

余之游于方内也,潜若夌龙,俯若拱鼠矣。至于徜徉山水,微露本真,拾松毛,凿泉脉,甚则跳掷岩涧,飞行树杪,游侣嘲为老猿孤鹤,予不能解。每欲敕断家事,一了名山之缘,瘿瓢螺钵,招寻名胜,采秦人之桃花①,拭湘娥之修竹②。庶几谢触道机,开豁醉梦。求之吾党,莫副斯盟。友人姚汝观,性故豪,状亦修伟,所谓魁然丈夫者也。方十龄,从尊人龙山先生赋月下梨花,遂能步武。已复从妇翁中岳戚公游,多读异书。稍长而交欢者半天下士,诗日有名。居恒叹曰:"男子挟弧矢而之四方③,不能裹足闺阃,作须眉妇人也。吾视五岳,直螺蠃之实耳④。"顷者暮秋,从武林,浮钱塘,逡巡山阴道中。历禹穴秦望⑤,登招宝、蛟门、伏龙诸山⑥。所至举酒悲叹,扫苔拂石,墨为淋漓。余不能从也。归而读其诗,品奇分胜,互奏清音,抽咏数章,众山皆响。可谓笼天地于形内,挫万象于笔端者也。昔昌黎游华岳之巅,度不可下,乃发狂恸哭，而欲縋遗书为诀⑦。王玄仲登莲华诸峰，至约寺僧，以烟举为信⑧。古人之艰于游如此。今虚怀观道，不杖不履，千岩万壑，缩地于掌胈之上。使汝观诗益多，则余之卧游者日益广，昌黎诸公闻之，未必不嗒然自丧⑨，笑余之坐驰也。

## 【注释】

①采秦人之桃花：陶渊明《桃花源记》："自云先世避秦时乱，率妻子邑人来此绝境，不复出焉，遂与外人间隔。"

②拭湘娥之修竹：晋人张华《博物志》卷八："尧之二女，舜之二妃，曰湘夫人。帝崩，二妃啼，以涕挥竹，竹尽斑。"

③弧矢：弓箭。《周易·系辞下》："弦木为弧，剡木为矢，弧矢之利，以威天下，盖取诸睽。"

④螺蠃："螺蠃"疑为"果蠃（裸）"之误。《诗经·豳风·东山》："果蠃（裸）之实，亦施于宇。"果蠃（裸），葫芦科植物。螺蠃、果蠃（裸），均指微小事物。螺，有壳的软体动物。蠃，瘦弱。

⑤禹穴：相传为夏禹的葬地，位于今浙江绍兴之会稽山。秦望：山名，位于今浙江杭州市西南，相传秦始皇东巡时曾登上此山以望南海，故名。

⑥招宝：山名，位于今浙江宁波。蛟门：山名，位于今浙江宁波。伏龙：山名，位于今湖北十堰。

⑦"昔昌黎"数句:唐德宗贞元十八年(802),韩愈游华山,《国史补》:"愈好奇,与客登华山绝峰。度不可返,乃作遗书发狂恸哭,华阴令百计取之,乃下。"

⑧"王玄仲"数句:唐皇甫枚《三水小牍》记载王玄冲登华山莲花峰事:"去秋,有士人王玄冲者,来自天姥。云游涉名山,亦尽东南之美矣。惟有华山莲华峰,今则方伺一登耳。计其五千仞为一旬之程,既上当燔烟为信。"《小说旧闻记》亦有记载,均作"王玄冲"。

⑨嗒(tà)然:形容懊丧的样子。

## 【赏读】

本文是为友人姚汝观《纪游稿》所作序文。序中以"游"为中心,首先从眉公之游入笔,自称"潜若蟄龙,俯若拱鼠",游历范围有限,且往往不能畅怀。接着写徜徉山水之游,如老猿孤鹤,逍遥自在,眉公则"不能解",一是因不能敕断家事,二是未有同盟。然而"一了名山之缘"一直是眉公的夙愿。继而写汝观之游,友人姚汝观,豪壮丈夫,慨然远游,眉公艳羡之余,不禁叹曰:"余不能从也。"只得阅览汝观游历中所作诗稿,美其名曰"卧游""坐驰"。最后以韩愈等古人"艰于游"的事例来自我宽慰、自我解嘲。

全文语言典雅整饬,比喻形象生动,寥寥数语,描摹出姚汝观的豪迈性情和游历形象。"游"字贯穿始终,且以"不能解""不能从""余之坐驰"等语句标段分层,条理清晰,错落有致,同时表达了对不能远游不得畅怀的遗憾。结句诙谐幽默,妙趣横生。

# 跋《甪里先生传》[①]

予近买舟载书,作无名钓徒。每当草蓑月冷,铁笛霜清,觉张志和、陆天随去人未远[②]。

【注释】

①甪(lù)里先生:一说,陆龟蒙隐居甪里,别号甪(角)里先生。一说,甪里先生名周术,秦汉之际隐士,"商山四皓"之一。

②张志和:字子同,唐代诗人,隐居于太湖流域,扁舟垂纶,渔樵为乐。

【赏读】

此文为甪里先生作跋,写自己乘舟垂钓,得张志和、陆天随诗词中意趣,其散淡清雅的情怀与甪里先生相合。名为作跋,实是抒怀。

# 跋《茶录》

樵海先生,真隐君子也。平日不知朱门何物,日偃仰青山白云堆中,以一瓢消磨半生。盖实得品茶三昧,可以羽翼寻苎翁之所不及①。即谓先生为茶中董狐可也②。

**【注释】**

①苎翁:即桑苎翁陆羽。陆羽,字鸿渐,号桑苎翁,又号东冈子。唐代著名茶学家,被尊为"茶圣"。

②董狐:春秋时晋国太史,亦称"史狐"。不畏强权,秉笔直书。

**【赏读】**

樵海先生隐居山林,不结交权贵,性嗜茶。小文三言两语点染出耿介悠闲的隐居者形象。

# 跋玄宰画册①

玄宰乘小艇,出入余山中。辄以小册自随,如李成见奇处②,即出豹囊中纸笔图之③。率然而作④,率然而已,遂成数翻。此即董氏画笥稿也,非赏鉴家勿视之。

【注释】

①玄宰:董其昌,字玄宰,号思白、香光居士,明代书画家,擅画山水。

②李成:字咸熙,居长安(今陕西西安)人,后迁居青州益都(今山东青州)。宋人以营丘为青州之代称,故称其为"李营丘"。五代宋初画家,先世是唐宗室。擅画山水,画法简练,气象萧疏,喜用淡墨,有"惜墨如金"之称。

③豹囊:即豹皮囊,豹皮做的袋子,用以藏墨,可防潮湿。后唐冯贽《云仙杂记·养砚墨笔纸》:"养墨,以豹皮囊,贵乎远湿。"

④率然:形容轻捷的样子,此指洒脱飘逸貌。

**【赏读】**

唐代诗人李贺常骑一驴,从一童子,遇有灵感便快速记下,投入随身携带的锦囊里,晚上进行整理。董其昌亦是如此,常携一小册,见山水奇处,即描画。日积月累,遂成画册。灵感如电光,稍纵即逝。二人皆明此道,并身体力行。"率然而作,率然而已",语言简练,生动传达出董其昌娴熟的技法和潇洒的性情。

# 卷二 尺牍

柳花如霰，鸳鸯倦飞，
小阁寒帷，残炉尚烬。
此时恨不与我丈共之。

# 与唐抑所太史<sup>①</sup>

故乡旱潦如循环然,弟有天幸,得脱于玄武、朱雀之腹<sup>②</sup>。异哉陈郎!可谓入水不濡,入火不焦矣<sup>③</sup>。但往岁禾头短于凫颈,今年田壤斥如龟文<sup>④</sup>,东郭半顷,不复如曩时。以足下且有东方之饥,而仆安得索侏儒之饱也<sup>⑤</sup>?息躬荒园,隐居教授,自是小河汾<sup>⑥</sup>。第以此身宅于贞人烈女之地<sup>⑦</sup>,未免按辔徐行,不能恣纵耳。

老父明年七十矣,欲徼兄之文为寿。弟凉德无他长,顾我翁之婆娑乡社<sup>⑧</sup>,晚年所甘,舍肉而藿,是人所难。今人浮慕足下之清华,而笑吾党之隐操,请兄一言扫之。足下文高获选,弟不心空及第乎?足下歌《朱雁》<sup>⑨</sup>,仆不盟白鸥乎<sup>⑩</sup>?足下拥天鹿著书<sup>⑪</sup>,弟不据虎皮谈《易》乎<sup>⑫</sup>?足下侍玉皇案,仆不礼绣佛斋乎?足下披五色宫锦,弟不挂四时毳衲乎<sup>⑬</sup>?足下高车,仆不高枕乎?足下千钟五鼎,春秋馈享,仆不有缁豚之逮亲存乎?与兄比权量力,较雌对雄,此足以寿我翁矣。兄读之,得毋击桌喷饭,笑我为不知汉大也⑭?

海孺君乃足下之故师,伯子以三寸舌为弟子师,凛凛有志节,今来矣,仰视足下为古人,幸勿令此君炊玉餐桂,因鬼见帝⑮。

## 【注释】

①唐抑所太史:唐文献,字元徵,号抑所,南直隶华亭(今上海市松江区)人,明万历十四年(1586)状元,官至礼部右侍郎。

②玄武:二十八宿中北方七宿的合称,其形龟蛇合体,属水,此处指涝灾。朱雀:南方七宿的合称,其形如鸟,属火,此处指旱灾。

③"可谓"二句:《庄子·逍遥游》:"大浸稽天而不溺,大旱金石流、土山焦而不热。"

④斥:同"坼",裂开,分裂。

⑤"以足下"二句:《汉书·东方朔传》记载东方朔言于汉武帝曰:"朱(侏)儒长三尺余,奉一囊粟,钱二百四十。臣朔长九尺余,亦奉一囊粟,钱二百四十。朱儒饱欲死,臣朔饥欲死。"

⑥小河汾:隋代王通设教河汾之间,受业者达千余人。后以"河汾"指称王通及其学术流派。

⑦宅于贞人烈女之地:指自己隐居不仕。贞人,守志不

移者。

⑧婆娑:奔波,劳碌。东汉应劭《风俗通义·十反》:"杜密婆娑府县,干与王政,就若所云,犹有公私。"

⑨《朱雁》:汉乐府歌名。《汉书·武帝纪》:"行幸东海,获赤雁,作《朱雁之歌》。"

⑩盟白鸥:北宋黄庭坚《登快阁》诗:"万里归船弄长笛,此心吾与白鸥盟。"

⑪天鹿:即天禄,汉代藏书阁名,刘向、扬雄曾校书于此。

⑫虎皮:《宋史·道学传·张载》:"尝坐虎皮讲《易》京师,听从者甚众。"后以虎皮作为讲席的代称。

⑬毳衲(cuì nà):毛织的衲衣,僧人所服。此处指隐者衣。

⑭不知汉大:《史记·西南夷列传》:"滇王与汉使者曰:'汉孰与我大?'及夜郎侯亦然。……不知汉广大。"

⑮"仰视"三句:《战国策·楚策三》:"苏秦之楚,三月乃得见乎王。谈卒,辞而行。楚王曰:'寡人闻先生若闻古人。……'对曰:'楚国之食贵于玉,薪贵于桂,谒者难得见如鬼,王难得见如天帝。今令臣食玉炊桂,因鬼见帝,其可得乎?'"

**【赏读】**

此书札邀请唐文献为陈继儒父亲作七十寿文。唐文献是万历年间状元,又是陈继儒的朋友,自是撰写寿文的上佳人选。有感于时人羡慕为官之清华,而嘲笑隐者之节操的现象,眉公从多个方面与唐文献"比权量力,较雌对雄",一官一隐,一侍奉朝廷,雍容华贵,一隐居讲学,质朴闲适。二者何分高下?文章运用排比,语言整齐而又富于变化,措辞恰当又不失诙谐,态度不卑不亢,风格亦庄亦谐。想其友读之,不禁"击桌喷饭",妙文可以佐餐,趣文令人喷饭。

# 答某经略①

　　某屏迹空山，每读经略疏牍，字字批点，行行寻绎，如秀才读举业相似。因叹曰："天地千铸百炼，生得如此忠孝奇男子，有识者当仰承祖宗皇上德意，爱惜调护，以竟社稷之功。而摧残不遗余力，非特辽人哭，京师人哭，即不肖老愚无知，为饮泣、不寐、不食者数矣。"

　　古今负屈，无如岳少保、于少保②，同时同志之友，谁肯慷慨论列，剖心沥血以明之？直待锋焰平，议论定，恩典加，在国家曾无分毫之益，而两公已先受万分之苦矣。天乎！岂独一台台困网罗哉？

　　不死即是君恩，人心即是天意。伏愿平气慎言，静需缓急宣召，更有进者。以素患难之学问，参了生死之工夫，四大非真③，寸阴可惜，福堂之内④，恐不当作寻常掷过也。迁叟报知，不喜以儿女语进。别有手书《清明曲》一卷，附呈博笑。临楮曷胜神驰之至⑤。

## 【注释】

①经略:官职名,朝廷派往地方总管军务的大臣。此处指熊廷弼,先后两次任辽东经略,后蒙冤被杀。题为"某经略",为避嫌。

②岳少保、于少保:南宋名将岳飞和明代名臣于谦。少保,官职名。

③四大非真:即佛家所说的四大皆空。

④福堂:福德聚集的地方。语出东汉赵晔《吴越春秋·勾践入臣外传》:"皇天祐助,前沉后扬。祸为德根,忧为福堂。"

⑤临楮(chǔ):即临纸。楮,纸的代称,多指信笺。

## 【赏读】

熊廷弼两任辽东经略,招集流亡,整肃军令,固守边疆,却被排挤陷害,眉公为之"饮泣、不寐、不食"。所痛心者,不仅在于古今忠臣良将负屈含冤,更在于被陷害时少有人为之"慷慨论列,剖心沥血以明之",却在昭雪之后为之鸣不平,于功臣无补,于国事无功,岂不痛哉!悲哉!眉公虽为隐者,却也心系国家,关心时事。本文痛惜功臣,痛恨小人,风格慷慨沉郁,体现了忧国忧民的深沉情感。

## 与郁季雅

往别时,以为复有竟岁之盟,忽得信,为陈大夫掞之而去。丈夫须眉落地时,便以此身同长矢往矣,岂若鹿豕终日相聚?

足下万里之翮,而为六月之息①,长卿四壁②,足下四壁都尽,便须寻一变更。雀之化蛤也③,剑之化飞龙也④,英雄雌伏而化为九天九地也⑤,大都醯鸡秋虫⑥,则终止瓮灶间耳。足下之腹笥五经,乃竟老于蒯缑⑦,不问陈大夫一吐气,宁何之乎?且广中虽古炎州⑧,乃皇冈、芙蓉及九成台⑨,皆供足下落日长啸。昔坡仙谪居彼中,身负瓦石,筑居墅中⑩,而足下读书官署,卷帘隐几,不废卧游,方之东坡,又得殊胜。且时以笔花,而吐"池塘春草"之句⑪,即瘴烟蛮雾,亦当为足下一开涤耳。

弟以野鸥之性暂居人间,如寒蝉潜蠖相似,每思足下旷俗之歌,恨不能缩地徙山,与足下焚柏子、擎竹叶消之⑫。适捧远札,斐然复面,古诗娴美,具见记存。以足下一瓢香⑬，迎清风读之，不觉烦暑之顿浣也。敬谢。

承别论谨，刺心腑，当为足下图之。

使者督报良迫，未能赓和来美，愧与汗俱。

## 【注释】

①"足下"二句：《庄子·逍遥游》："鹏之徙于南冥也，水击三千里，抟扶摇而上者九万里，去以六月息者也。"

②长卿四壁：《史记·司马相如列传》："文君夜亡奔相如，相如乃与驰归成都。家居徒四壁立。"长卿，司马相如，字长卿。

③雀之化蛤：《七修类稿·天地类》："《国语》云：'雀入大海为蛤。'"

④剑之化飞龙：《晋书·张华传》记载，张华听说豫章人雷焕精通谶天象，便邀请其同宿，并问他何地有剑气。雷焕望丰城有剑气，张华便命雷焕为丰城宰，焕掘得双剑，一自佩，一与张华。华、焕死后，焕子持剑经延平津，剑从腰间跃出坠水，但见化为二龙。

⑤"英雄"句：《孙子兵法·形篇》："善守者藏于九地之下，善攻者动于九天之上。"

⑥醯（xī）鸡：《庄子·田子方》："孔子出，以告颜回曰：'丘之于道也，其犹醯鸡与！微夫子之发吾覆也，吾不知天地之大全也。'"郭象注："醯鸡者，瓮中之蠛蠓。"醯

鸡是瓮中的小虫蠛蠓,古人认为是酒醋上的白霉变成的。后以"醯鸡"比喻见识浅陋的人。秋虫:此指生活在灶间的蟋蟀,其秋天鸣叫。

⑦蒯缑(kuǎi gōu):用草绳缠结剑柄,形容穷困潦倒。

⑧炎州:《楚辞·远游》:"嘉南州之炎德兮,丽桂树之冬荣。"后以"炎州"泛指南方广大地区。

⑨皇冈:指广东仁化之韶石山。芙蓉:韶关南之莲花山。九成台:在今广东韶关市曲江区,原名闻韶台,相传舜南巡奏乐于此,苏轼有《九成台铭》。

⑩"昔坡仙"三句:绍圣四年(1097),苏轼以琼州别驾安置昌化,苏辙《东坡先生墓志铭》云:"初僦官屋以庇风雨,有司犹谓不可。则买地筑室,昌化士人畚土运甓以助之,为屋三间。"苏轼自己亦言及:"近与儿子结茅屋数椽居之,仅庇风雨,然劳费已不赀矣。赖十数学生助工作,躬泥水之役愧之不可言也。"

⑪池塘春草:谢灵运《登池上楼》诗:"池塘生春草,园柳变鸣禽。"

⑫竹叶:指竹叶酒,竹叶指酒的色泽。

⑬一瓢香:宋人计有功《唐诗纪事·唐球》:"球居蜀之味江山,方外之土也。为诗捻稿为圆,纳入大瓢中。后卧病,投瓢于江曰:'斯文苟不沉没,得者方知吾苦心尔。'至新渠,有识者曰:'唐山人瓢也。'"后以"诗瓢"指贮放诗稿的器具。此处"一瓢香"指代郁季雅创作的诗歌。

**【赏读】**

郁季雅生活贫寒，家无四壁，得陈大夫提拔，赴任广东。眉公复信赞叹：大丈夫当施展抱负、扬眉吐气，岂能终老蓬蒿间。况且，广中炎州，有高台可供长啸抒怀，有官署可供读书作诗，不必像东坡先生当年身背瓦石，亲筑屋宇。本文比喻生动形象，以"雀之化蛤""剑化飞龙"喻寒士得志，以"醯鸡秋虫"喻见识短浅之人，以"寒蝉潜蠖"喻自己贫寒孤直，无拘无束。语言幽默风趣，如"掭之而去""岂若鹿豕终日相聚""长卿四壁，足下四壁都尽""恨不能缩地徙山"等句，无不妙趣横生，摇曳生姿。

## 柬项东鳌

台下暂返东山①,朝常如沸,乃知《诤臣论》《金人箴》②,当参而用之。中涓方取精于鹬蚌③,而言路犹角胜于蛮触④,非得台下真君子者,以正直辅忠厚,以中立当雷同,滔滔东逝之波孰挽之哉?

某伏蛰寒蝉,与世耗转逖,且昔年佩服暗然之训⑤,辄欲山冠田衣,自放于松麋蘋鸥之末。以是感恩负知如台下,未遑通呎尺书。乃辱以千里而勤以翰言,可谓黼黻烟霞⑥,丹青泉石。某何人斯,辱此非分?倘得藉邀宠灵,齑盐麦饭⑦,不至作无父男子⑧,便可酬报万一鞭策之私。至于拂芸简、登兰台⑨,非特拙劣所不敢闻,抑亦北山猿鹤之所嘲也⑩。

新岁竹窗试香啜墨,宛如对冰壶⑪。使者仓皇,敬报空函,只有惭绝。外偶录鄙言一卷,敬呈台览。

伏惟进而教之,庶几海内知王公大人之于布衣,原有道义一脉耳。临楮驰恋⑫。

## 【注释】

①东山：东晋谢安早年隐居会稽郡山阴的东山，后出山仕至宰相。此指项氏所居地。

②《诤臣论》：韩愈作，其文曰："君子居其位，则思死其官。"《金人箴》：出自《孔子家语·观周》："孔子观周，……庙堂右阶之前，有金人焉，三缄其口，而铭其背曰：'古之慎言人也。'"两篇文章观点对立，故下文曰"当参而用之"。

③"中涓"句：宦官魏忠贤之流正在利用党争坐收渔翁之利。中涓指宦官。

④蛮触：《庄子·则阳》："有国于蜗之左角者，曰触氏；有国于蜗之右角者，曰蛮氏。时相与争地而战，伏尸数万，逐北旬有五日而后反。"蜗角之争，比喻为了极小事物引起大争执。

⑤暗然之训：君子之道应深藏不露。《中庸》："故君子之道，暗然而日章；小人之道，的然而日亡。"孔颖达疏："言君子以其道德深远谦退，初视未见，故曰暗然。"

⑥黼黻（fǔ fú）：礼服上所绣的华美花纹。

⑦齑（jī）盐麦饭：指贫困之人的吃食，代指贫困的生活。韩愈《送穷文》："朝齑暮盐。"齑，腌菜。

⑧无父男子：《孟子·滕文公下》："杨氏为我，是无君也；墨氏兼爱，是无父也；无君无父，是禽兽也。"此处指

隐居不仕的人。

⑨芸简：指书籍。兰台：朝廷的藏书处。

⑩北山猿鹤之所嘲：孔稚珪《北山移文》："蕙帐空兮夜鹤怨，山人去兮晓猿惊。"

⑪对冰壶：唐代姚崇《冰壶诫》序曰："冰壶者，清洁之至也。君子对之，示不忘清也。……故内怀冰情，外涵玉润，此君子冰壶之德也。"

⑫临楮：即临纸。楮，纸的代称，多指信笺。

## 【赏读】

项东鳌劝陈继儒出仕，陈继儒以此信答复。先写朝廷宦官弄权，党争激烈，言路被阻，如滔滔东逝之波，难以挽回。后写自己隔绝人世已久，甘于贫困寂寞，山冠田衣，自放于山野之间，以遂平生之志。文章措辞婉转而辞意明朗，态度谦逊而又不卑不亢，归隐之志坚定而不可动摇。风格刚中有柔，柔中有刚，刚柔相济，相得益彰。

# 束米子华

前以一束生刍①,拜太夫人,前愧登堂之晚,后惭命驾之迟。乃四顾萧然,苔花绣壁,落叶满门,人为酸鼻②。顾弟且为足下顿足加敬,古所谓蓬蒿三径③,居然名士风者,正为足下发耳。

足下诗本性情,绝不作当今涂神画鬼面目④,乃就李不知有米先生⑤,何也?且无论足下,即秋潭一沙弥⑥,彦平、方叔两缝掖⑦,俱寂寂如木钟石鼓。大雅凋伤,烟霞冷落,一至于此!

仆为老亲,浮沉人间,既似在绦之鹰,复如斗穴之鼠,思得清凉闲散如兄者,相与以一钵米、一杯茗破之,亦了不可得。况海氛杂沓⑧,吾辈泄泄与蜉蝣燕雀争尺寸之安⑨,何以堪之!

【注释】

①生刍:鲜草。《诗经·小雅·白驹》:"皎皎白驹,在彼空谷。生刍一束,其人如玉。"《后汉书·徐稺传》:"及林

宗有母忧，稺往吊之，置生刍一束于庐前而去。"本指薄礼，后指吊丧的礼物。

②酸鼻：心酸流泪。

③三径：赵岐《三辅决录·逃名》："蒋诩归乡里，荆棘塞门，舍中有三径，不出，唯求仲、羊仲从之游。"后以"三径"指代名士隐居之所。

④涂神画鬼：指追求怪异，臆想而作。《韩非子·外储说左上》："客有为齐王画者，齐王问曰：'画孰最难者？'曰：'犬马难。''孰易者？'曰：'鬼魅最易。'夫犬马，人所知也，旦暮罄于前，不可类也，故难。鬼魅，无形者，不罄于前，故易之也。"

⑤就李：即檇李，浙江嘉兴的别称。

⑥秋潭：僧人。许灿《梅里诗辑》："智舷，字秋潭，号黄叶庵老人，金陵人。"《六艺之一录》："释智舷，字韦如，号秋潭，更号黄叶头陀。"

⑦彦平：包衡，字彦平，浙江秀水人。方叔：殷仲春，字方叔，号东皋子。缝掖：亦作"缝腋"，大袖单衣，古代儒者所服。此指儒者。

⑧海氛杂沓：指明末倭寇在江浙沿海的滋扰杀掠。

⑨泄泄：闲散、迟缓貌。蜉蝣：小虫，传说朝生暮死，暮生朝死，形容人生短促。苏轼《前赤壁赋》："寄蜉蝣于天地，渺沧海之一粟。"燕雀：低飞的鸟，比喻微贱之人。

**【赏读】**

　　本文眉公感慨遥深，一是感慨名士贫寒。"四顾萧然，苔花绣壁，落叶满门"，寥寥数语，贫士寒居宛在眼前，其生活拮据可想而知。二是感慨文风日下。明代弘治、正德年间，诗文盲目尊古，出现以模拟剽窃为能事的不良风气，致使出自真性情的诗文寂寂无闻。陈继儒对此风气痛心疾首，称之为"涂神画鬼"。三是感慨倭寇侵扰，人生浮沉，争得尺寸之安。自比"在缘之鹰""斗穴之鼠"，岌岌可危，局促不安。

　　本文表达了眉公痛惜贫士、忧虑文风、忧心国事的深沉情感。

# 答吴司理

台臺清真简静,事事古人。诸缝掖不敢轻投一趾,轻贽一文①,盖士风之正,实从明公指南始。

某蛰藏蠖伏,当引分守理,自屏于山泽草野之间。忽飞台札,折节下交,捧读环回,愧汗浃下。

尝念古之隐者,非避迹夷门②,则寄居梁庑③,今不狷不狂④,有泚面目⑤。故扁舟裹衲,投太湖山中者百日矣。复岭千寻,怒涛百变,松深竹冷,阒寂无人⑥,粗以澡雪悔尤⑦,退藏浮气。台臺比之徐南州⑧,则俯首不敢置对矣。

【注释】

①贽文:古代拜见尊长时所呈献的诗文。

②夷门:战国时魏国都城大梁的东门,隐士侯嬴为夷门监者。后泛指城门。

③梁庑:《后汉书·逸民传·梁鸿传》记载,梁鸿隐居霸陵山中,后避祸去吴,"依大家皋伯通,居庑下"。

④狷狂:狷介与狂放。狷介,性情耿介,洁身自好。

⑤涊(tiǎn):污浊;卑劣。

⑥阒(qù)寂:寂静无声。

⑦澡雪:洗涤,改正。引申为高洁。宋代李纲《宫词谢表》:"臣敢不澡雪前非,激昂晚节。"尤:过错。

⑧徐南州:徐稺,字孺子,东汉隐士,豫章南昌(今属江西)人。博学多识,淡泊自守,官府多次征召,皆不出仕,有"南州高士"之美称。

## 【赏读】

吴司理赞陈继儒为徐稺徐南州,陈以此信回复。信中称赞吴司理清真简静,端正士风。然后自述隐居之乐。"复岭千寻,怒涛百变,松深竹冷,阒寂无人",层峦叠嶂,波涛汹涌,松竹清幽冷寂,太湖正是清雅隐居之所。"澡雪悔尤""退藏浮气",太湖佳境令人洗心涤虑,望峰息心,窥谷忘反。表达了眉公一心归隐、无心仕途之志。

# 与王元美[①]

别来从句读中暗度春光，不知门外有酒杯华事。每忆祇园昙观，草绿鸟啼，追随杖履之后，笑言款洽[②]。如此佳况，忽落梦境矣。

**【注释】**

①王元美：王世贞，字元美，号凤洲，又号弇州山人。太仓人，明代文学家、史学家，累官至南京刑部尚书。

②款洽：亲密融洽。

**【赏读】**

先写读书度日，忘却窗外春光。次写回忆此前杖履游春，笑谈款洽之乐。后写对佳景友人的思念和不能同游的遗憾。层次清晰，言简意赅。

# 与王闲仲[1]

今日午后,屈兄过七夕。因思牛女之会,当新秋晚凉,故不热;女之外,无小星[2],故不争亦不妒;一年一渡,故不老。容把杯共笑也。

**【注释】**

①王闲仲:陈继儒友人。

②小星:《诗经·召南·小星》:"嘒彼小星,三五在东。"郑玄笺注:"众无名之星,随心嘱在天,犹诸妾随夫人以次序进御于君也。"后以"小星"为妾的代称。

**【赏读】**

此便笺约友人王闲仲共度七夕节,不热、不争、不妒、不老。"女之外,无小星",一语双关,小星既指天上星,又指侍妾。语言简洁诙谐,意趣横生。如此相邀,如此七夕,友人当欣然赴约。

# 答友

昨日宾,今日主,何相报之速耶!忆昨席间,有司不谈政事①,措大不诉寒酸②,才人不夸学问。觞政甚严③,饮复率真。不问漏尽④,只畏樽空。

仍对此等韵人⑤,闻命即来,毋须再速⑥。

【注释】

①有司:指官吏,古代设官分职,各有专司,故称。

②措大:旧指贫寒失意的读书人。语出《类说》卷四十引唐代张鷟《朝野佥载》:"江陵号衣冠薮泽,人言琵琶多于饭甑,措大多于鲫鱼。"又名"醋大"。唐代苏鹗《苏氏演义》卷上:"醋大者,或有抬肩拱臂,攒眉蹙目,以为姿态,如人食酸醋之貌,故谓之醋大。大者,广也,长也。篆文大字,象人之形。"

③觞政:酒令。汉刘向《说苑·善说》:"魏文侯与大夫饮酒,使公乘不仁为觞政。"

④漏尽:刻漏已尽,谓夜已深或天将晓。东汉蔡邕《独

断》卷下:"夜漏尽,鼓鸣则起;昼漏尽,钟鸣则息也。"

⑤韵人:雅人。

⑥速:邀请,招致。

## 【赏读】

此是答友相邀之便笺。昨日坐庄宴友,今日友人设宴相邀,感叹相报之速。然后回忆昨日相聚之欢。席间,官吏、贫士、才子皆抛却身份的限制,酒令严格,饮酒率真,直至夜深,兴犹未尽。最后,眉公表达闻招命驾、欣然赴约之意。语言简洁自然,风格诙谐明快。

# 答冯次牧书<sup>①</sup>

儒掷青衫以来,每欲绝尘自上,从方外异人先生浪游名山,神鱼乘浪,灵鳌戴岳<sup>②</sup>,安往而不得所之也?老亲在侍,束胆羁馁<sup>③</sup>,强为门生受经博糈<sup>④</sup>,以供朝夕,于是复买书;糈不足取酒,于是复卖文。亲没营葬,偶得数弓地于佘峰,栉沐风雨,栽插松杉,穿坎其侧,以附容棺之墟。于是复入山,结数椽茅屋,歌斯哭斯<sup>⑤</sup>,圉圉殆尽<sup>⑥</sup>。非有皇甫著述之癖<sup>⑦</sup>,又非有卢鸿乙草堂、司空表圣之王官谷也<sup>⑧</sup>,田牧往来<sup>⑨</sup>,浪相指目。

足下排荡先贤,且欲引而置之千古奇人之上,兹言大非所敢任。独所谓"不任侠,不标榜",窃尝劝之同志,而鲜有应者。夫有教无类<sup>⑩</sup>,非不择其类,盖无类聚也。"危行言逊<sup>⑪</sup>",非危峨之危,盖临深履薄之危也。儒尝阅徐孺子传,本豫章南昌人也,徒步走江夏吊太尉黄琼,又走太原会葬郭林宗母<sup>⑫</sup>,仆仆千里,意欲何为?当时标榜之风,挽入士大夫膏肓骨髓中。东京之祸，那得不烈？惟袁闳、申屠蟠差觉清稳[13]，从此长养。得管辽东、庞襄阳二老出来[14]，而二老又绝无毫发语言文字逗漏人间，使后世无声可寻，无阶可梯，潜龙勿用。吾师乎！吾师乎！

食芹而甘[15]，愿以分献。第足下代兴文苑，独步江东，丽典新声，绎络奔会，濯五湖之涛采，夺万象之寒芒。大业方新，修涂伊始[16]，俟他年揖让夔龙[17]，退寻绮皓[18]，仆于此同。炊黍未熟，蒸梨正香[19]，不妨拭冷涕，拨寒灰，共话出世法于苕帚庵中也[20]。

笺引记叙，弟心口俱折，所谓"当今不得不以此事推卿"。怀中一瓣香，遥向天益堂礼却[21]。其亦收我于懒榜末后否[22]？谢忱更具别楮。

**【注释】**

①冯次牧：冯元仲，字尔礼，又字次牧，号懒民，浙江慈溪人。明代书画鉴赏家、木刻家，以善弈闻名。著有《复古堂诗文集》《弈旦评》等。

②灵鳌戴岳：《楚辞·天问》："鳌戴山抃，何以安之？"王逸注引《列仙传》："有巨灵之鳌，背负蓬莱之山而抃舞，戏沧海之中。"灵鳌，神话传说中的巨龟。戴，背负。

③束脰（dòu）：束缚着脖子，形容省吃俭用。脰，脖子。羁鹨：羁绊在鸟笼里，形容无法远行。鹨，鸟笼。

④受：同"授"，教授，传授。糈（xǔ）：粮食。

⑤歌斯哭斯：《礼记·檀弓下》："歌于斯，哭于斯，聚国族于斯。"

⑥圉圉：困而未舒貌。语出《孟子·万章上》："始舍之，圉圉焉；少则洋洋焉，攸然而逝。"赵岐注："圉圉，鱼在水羸劣之貌。洋洋，舒缓摇尾之貌。"

⑦皇甫著述之癖：《晋书·皇甫谧传》记载皇甫谧隐居不出仕，"耽玩典籍，忘寝与食，时人谓之'书淫'"。

⑧卢鸿乙：即卢鸿一，唐代画家、诗人、隐士，隐居嵩山，上赐隐居之服，官营东溪草堂。讲学于草堂，自绘其胜景为《草堂十志图》。司空表圣：司空图，字表圣，自号知非子，又号耐辱居士。晚唐诗人、诗论家。后因世乱退隐中条山王官谷。

⑨田牧：打猎与放牧。

⑩有教无类：《论语·卫灵公》："子曰：'有教无类。'"孔子认为，教育不分高低贵贱，无论对哪类人都一视同仁。

⑪危行言逊：《论语·宪问》："邦无道，危行言孙。"指行为正直，言语谦逊。

⑫徐孺子：徐稚，字孺子，东汉豫章南昌（今属江西）人，隐士，博学多识，淡泊自守，官府多次征召，皆不出仕，有"南州高士"之美称。拜黄琼为师，后黄琼做官，徐稚与之断交，多次拒绝黄琼的推荐。黄琼死后，徐稚身背干

粮,从南昌徒步数日,赴江夏苦祭,后人赞其:邀官不肯出门,奔丧不远千里。郭林宗母丧,徐穉赴太原吊唁,置生刍一束于庐前而去。郭林宗曰:"此必南州高士徐孺子也。"黄琼:字世英,东汉江夏安陆(今湖北云梦)人,官至司徒、太尉。郭林宗:郭泰,字林宗,东汉太原界休(今山西介休东南)人,人称"有道先生",太学生领袖。

⑬袁闳:字夏甫,东汉隐士,隐居不仕。《后汉书》评价其"少励操行,苦身修节"。申屠蟠:字子龙,东汉隐士,隐居治学,不愿出仕。

⑭管辽东:管宁,字幼安,三国时期北海朱虚人,隐居辽东。庞襄阳:庞德公,襄阳(今属湖北)人,东汉末年名士,隐居不仕。

⑮食芹:《列子·杨朱》:"昔人有美戎菽,甘枲茎、芹萍子者,对乡豪称之。乡豪取而尝之,蜇于口,惨于腹。众哂而怨之。"后以"食芹"为谦辞,表示自己位卑识浅,献纳浅陋。

⑯修涂:漫长的道路。涂,通"途"。

⑰夔龙:相传舜的二臣名,夔为乐官,龙为谏官。后用以喻指辅弼良臣。

⑱绮皓:即商山四皓中的绮里季。商山四皓指秦末汉初四位隐居老者:东园公唐秉、用里先生周术、绮里季吴实、夏黄公崔广。

⑲蒸梨:蒸野菜。梨,本作"藜"。与上句之"炊黍",

见于王维《积雨辋川庄作》:"蒸藜炊黍饷东菑。"

⑳苕帚庵:陈继儒所筑室名,在东佘山。

㉑天益堂:冯元仲室名。

㉒懒榜:冯元仲号"懒民"。

**【赏读】**

《明史·隐逸传·陈继儒传》记载:"继儒通明高迈,年甫二十九,取儒衣冠焚弃之。隐居昆山之阳,构庙祀二陆,草堂数椽,焚香晏坐,意豁如也。……屡奉诏征用,皆以疾辞。……三吴名下士争欲得为师友。"陈继儒身居草堂,名满三吴,为时人尊崇。冯元仲即是其中之一。

冯元仲对陈继儒大加赞赏,"排荡先贤,且欲引而置之千古奇人之上",赞其"不任侠,不标榜""有教无类""危行言逊",陈继儒以此信回复。信中言自己常欲绝尘游方外,但为奉养老亲,只得勉强开馆授经,买书卖文。任侠标榜并非所愿,而是以管宁、庞德公二人为师,"绝无毫发语言文字逗漏人间,使后世无声可寻,无阶可梯,潜龙勿用"。这或许是陈继儒客套谦逊之辞。文章言辞流丽,语意婉转,娴雅谦逊,彬彬有礼,同时也不乏风趣。自言并非"有教无类",而是无类可选。巧妙解释"危行言逊"之"危"是危险之意,而非危峨正直之"危"。文末言希望冯元仲收其为"懒榜末后",既自然又巧妙,既谦逊又风趣。

陆云龙评论说:"先生以文章宿老,抒写平生,泠泠徽徽,雕章缛彩,政使长篇如带。而幽冷之致,鼓吹笔端,真是别有炉锤,别有天地。"

# 答徐霞客①

吾兄高瞰一世，未尝安人眉睫间。乃奇暑奇寒，辄蒙垂顾，不知何缘得此。且弟好聚，兄好离；弟好近，兄好远；弟好夷，兄好险；弟栖栖篱落，而兄徒步于豺嗥虎啸、魑魅纵横之乡。不谒贵，不借邮符②，不觊地主金钱，清也；置万里道涂于度外，置七尺形骸于死法外，任也；负笠悬瓢，惟恐骇渔樵而惊猿鸟，和也。吾师乎，徐先生也！儒桃虫壤蚓，讵敢逐黄鹄而问其所之乎？

今宇内多故，尧舜在上，犹有水旱、夷狄、盗贼之忧。此无他也，遇丰稔则吏梳而官篦之，遇流劫则寇梳而兵篦之③。京陵虽幸太平④，而秦、晋、楚、洛涂炭极矣。吾兄决策西游，不若姑缓之，以安身立命为第一义。圣明诛赏必信，剿抚兼行，鬼神有厌乱之心，胁从怀求赦之意，廓清扫荡，弹指可期。当此时也，弟为驴背之希夷⑤，兄为鹤背之洪客⑥，采灵药，访道人，任运所之，张弛在我，何必崎岖出入于颅山血海,而始快平生之奇游乎?伤哉,文、林两相国相继岱游⑦。未了之事,石斋能补⑧,但恐石人未肯点头耳⑨。

丽江木公书遵命附往⑩,并有诗扇一柄、集序一通,以此征信。此公好贤若渴,而徐先生又非有求于平原君者⑪,度必把臂恨晚,如函盖水乳之合矣。

珍重珍重,归欤归欤,出游记示我,请为涤耳易肠而读之。楚些未敢闻命⑫。

## 【注释】

①徐霞客:徐弘祖,字振之,号霞客,南直隶江阴(今属江苏)人。徒步游历各地,探幽寻秘。三次遇盗,四次断粮,著有《徐霞客游记》。

②邮符:古时发给往来人员,准许其在驿站食宿及使用车马的凭证。

③寇梳而兵篦之:梳、篦喻搜刮盘剥之苛。当时有谚语:"贼过如梳,兵过如篦。"

④京陵:京城北京与南京。

⑤希夷:陈抟,字图南,自号扶摇子,宋太宗赐号希夷先生,五代宋初道士,隐居华山。

⑥洪客:即洪崖,传说中的仙人名,黄帝乐官伶伦的仙号。东汉蔡邕《郭有道林宗碑》:"将蹈洪崖之遐迹,绍巢许之绝轨。"

⑦文、林两相国:指文震孟、林釬。文震孟,字文起,

明代官员、书法家,崇祯初年拜礼部左侍郎,兼东阁大学士,入阁预政,后被劾落职,次年病卒。林釬,字实甫,崇祯年间拜礼部侍郎,兼东阁大学士,入阁预政,同年卒。岱游:去世的婉称。西晋张华《博物志》卷一:"泰山,一曰天孙,言为天帝孙也,主召人魂魄。"

⑧石斋:黄道周,字幼玄,号石斋,天启进士,刚直忠诚,多次直言进谏。后为清军所俘,被杀。

⑨石人未肯点头:传说晋末高僧竺道生曾在虎丘寺讲《涅槃经》,石头皆点头。今虎丘千人石上有前人篆书"生公讲台"四字。此处指朝廷不许可。

⑩丽江木公:木增,字长卿,一字生白,号华岳,云南丽江人。明万历二十五年,袭丽江知府(土司)职。好读书,多与文士往来,曾与徐霞客为文字交。

⑪非有求于平原君者:《战国策·赵策三》:"鲁连见辛垣衍而无言,辛垣衍曰:'吾视居此围城之中者,皆有求于平原君也。今吾视先生之玉貌,非有求于平原君者,曷为久居此围城之中而不去也?'"

⑫楚些(suò):《楚辞·招魂》句尾皆有"些"字,后因以"楚些"指招魂歌。

## 【赏读】

陈眉公年长徐霞客近三十岁,霞客尊其为"老先生",眉公呼霞客为"吾师乎,徐先生也"。徐霞客原名弘祖，眉公为其取号"霞客"。霞客曾四次拜访眉公，《徐霞客游记》中记载霞客最后一次拜访陈眉公："余欲别，眉公欲为余作一书寄鸡足二僧，一号弘辨，一号安仁。强为少宿，遂不发舟。"

眉公还曾写信给滇地名士唐大来，介绍徐霞客，霞客因此在困顿中得到唐大来的照顾。《徐霞客游记》写道："始知眉公用情周挚，非世谊所及矣。大来虽贫，能不负眉公厚意。因友及友，余之穷而获济。出于望外如此。"霞客西行前致信眉公，希望眉公为他写一介绍信，使他能带到丽江见木增。眉公信中也提到此事："丽江木公书遵命附往，并有诗扇一柄、集序一通，以此征信。"因眉公的推荐，霞客与木增结下深厚情谊。霞客到丽江，木增出门相迎，"交挥而致殷勤"，并邀霞客为其《山中逸趣》作序，修《鸡足山志》，教授其子弟。

崇祯年间，内忧外患，战乱频仍，李自成、张献忠起义，皇太极率部多次滋扰，辽东告急，明王朝风雨飘摇。因此，眉公劝谏霞客西行计划暂缓，"以安身立命为第一义""何必崎岖出入于颅山血海"，待时局稍定，则"任运所之，张弛在我"，作平生奇游。言辞真挚恳切，谆谆反复，发自肺腑，表达了他对霞客奇游的赞赏和担忧，也抒发了自己对时局危乱的感慨和对海内廓清、天下太平的希冀。

# 与徐朗倩

山岚酿湿,贱目作苦,承良医两度见医,何其垂念山泽癯一至此也<sup>①</sup>!

老雨经旬,弟且不暇忧,而忧岁。吴淞不开<sup>②</sup>,太湖之水东下不泄,非止目前嫠杞之虑也<sup>③</sup>。

## 【注释】

①癯(qú):清瘦。

②吴淞:吴淞江。

③嫠(lí)杞之虑:《左传·昭公二十四年》:"嫠不恤其纬,而忧宗周之陨。"嫠,指寡妇。《列子·天瑞》:"杞国有人忧天地崩坠,身亡所寄,废寝食者。"嫠杞之虑,指不必要的或缺乏根据的忧虑。此处指眉公的眼疾。

## 【赏读】

本文写忧,目疾之忧,淫雨之忧,年岁之忧。眉公真正所忧在于年岁。"老雨经旬""吴淞不开,太湖之水东下不泄",恐成涝灾,影响粮食收成。与此相比,自己的目疾之忧,又算得了什么。

正如老杜《茅屋为秋风所破歌》所言:"安得广厦千万间,大庇天下寒士俱欢颜。风雨不动安如山。呜呼!何时眼前突兀见此屋,吾庐独破受冻死亦足。"自身忧患置之度外,天下之忧常系心怀。又如范仲淹《岳阳楼记》:"先天下之忧而忧,后天下之乐而乐。"此皆仁者之忧,陈眉公亦如是。

# 与王冏伯①

别后，不意双履留滞吴江间，至今寺中琉璃光耿耿在目。秋来旱鬼相虐，泖河如盎瓮之口，田禾半焦，活者皆鬖鬖头陀发须耳②。王先生高卧不干人③，只得仰餐明霞，苦食翠柏，若弟侏儒不能索饱④，奈何？

高什三篇⑤，清风穆如，乃辱使者匍匐涸辙上来⑥。衔感夙谊，皆岁寒霜色也⑦。

长公嘻嘻，顾自鸥鸟；次公婆娑，宛尔兜率⑧。

何时得啸歌，倾我家酿。望之。

## 【注释】

①王冏伯：王士骐，字冏伯，王世贞之子，乡试解元，万历间进士，官至吏部员外郎，后为权者所嫉，消籍归，屡荐不起，刚直以终。著有《醉花庵诗选》等。

②鬖鬖（sān sān）：头发下垂貌，此指田禾枝叶如发丝下垂。头陀：行脚僧，多不落发。

③干：求，请求。

④侏儒不能索饱：《汉书·东方朔传》记载东方朔言于汉武帝曰："朱儒长三尺余，奉一囊粟，钱二百四十。臣朔长九尺余，亦奉一囊粟，钱二百四十。朱儒饱欲死，臣朔饥欲死。"

⑤高什：对王冏伯诗文的尊称。什，篇什。

⑥匍匐涸辙：此用《庄子·外物》涸辙鲋鱼之典，与上文"旱鬼相虐"呼应。涸辙，指干涸的车辙沟。

⑦岁寒霜色：《论语·子罕》："岁寒，然后知松柏之后凋也。"

⑧"长公"四句：长公，王冏伯长子。次公，王冏伯次子。嘻嘻，喜笑貌。婆娑，逍遥貌。宛尔兜率，宛然生活在兜率天。兜率，佛家语，佛家认为，天分多层，第四层为兜率天，其内院为弥勒净土，外院是天上众生所居之处。

## 【赏读】

明清之际的谈迁《枣林杂俎》记载："万历壬午，冏伯解额第一，成进士。文肃子辰玉尝过之，值其内梳不即出，意不快。会选庶常，文肃当国，谓琅琊素不以词林重，冏伯遂不预。虽文肃无所私，实辰玉意也。"文肃，即王锡爵。辰玉，即王衡。王锡爵之子王衡拜访王冏伯，正值冏伯梳洗，没有立即迎出。王衡心中不快，于是撺掇王锡爵，致使王冏伯没有选入翰林院。后王冏伯落职归，与陈继儒多有来往。

冏伯著文送眉公阅览，眉公以此信回复。时值秋季干旱，"泖河如盎瓮之口"，田禾半焦，"活者皆鬖鬖头陀发颏耳"，摹写干旱之状，比喻贴切形象。而王冏伯仍高卧自适，"仰餐明霞，苦食翠柏"，高隐之状宛然在目。"长公嘻嘻，顾自鸥鸟；次公婆娑，宛尔兜率"，轻轻点染，王冏伯两位公子逍遥自得的情态跃然纸上，皆有乃父之风。写两公子，更是写王冏伯，巧妙至极。语言流丽工整，骈散相间。眉公性情亦如鸥鸟嘻嘻，兜率婆娑，优雅闲适，逍遥自在，然旱魃肆虐，田禾干枯，亦不免有忧国忧民之叹。

# 与庄五修

二十年不入京口,此行有二快事:一得米南宫自写像,一得五修先生。先生微言蠕动,皆有德矩。弟之师,非弟之友也。

前后两度。梦中饮松叶酒,觉而忘之,不省何语,大都坐先生麈尾傍耳。家山多客、多文逋①,履舄相啮不放②,小有胜情,天赐闲而不得真闲,吾曹求清而不得清。何日追随先生支筇鹤林、招隐间③,饱吟细嚼,疲行硬坐,作个无事道人也?

**【注释】**

①文逋:指拖欠的文字债。逋,拖欠,逃避。

②履舄(lǔ xì):泛指鞋。单底鞋为履,复底鞋为舄。

③支筇(qióng):拄杖。鹤林:寺名。招隐:寺名。

**【赏读】**

本文写眉公对庄五修的思慕之情。一写梦境之思,前后两梦庄五修先生，梦中不记言语，只记得坐先生身旁，饮松叶酒。似梦似真，恍惚迷离。一写现实之思。《明史·隐逸传·陈继儒传》记载："征请诗文者无虚日。性喜奖掖士类，屦常满户外，片言酬应，莫不当意去。"董其昌《白石樵真稿》序中言："四方使者日走公，东西京与南北驿，越岭峤而至者，不远万里，征公文。公文出，即传四方。所题缣素，或赠寄和倡诗，一传人口，即传海内。"因此文中说"家山多客、多文逋，履舄相啮不放，小有胜情，天赐闲而不得真闲，吾曹求清而不得清"，有时不免为累，羡慕庄五修闲云野鹤般的生活。作为来往便笺，本文无多余客套和恭维之语。语言朴质自然，娓娓道来，如家常语。

## 与胡大参

往年避迹泖寺,青雀忽来①,白鸥欲舞。竹林解带,祗为何人②?既清且和,先生真振古之人豪也。比时冒风暑,不能追陪信宿③,上谈王伯④,下商钓弋⑤,匆匆挂帆,渺如河汉,每读《环山记》,先生抚柯击石,洗盏濯缨,不知谁惠谁鱼⑥,谁庄谁蝶⑦。功名蚁战⑧,毁誉蜩鸣⑨,博不得真人北窗一梦矣⑩。

顷避暑东洞庭者二月余,长松限日,飞瀑如雷,卢橘杨梅,馈辄数斗,恨不与先生共之,得教饷⑪。极知垂念,云宾霞友,不戒而孚⑫。异日曳杖,即不敢为五可轩上客⑬,亦许作吾家灌园老人否⑭?

**【注释】**

①青雀:指青鸟,神话传说中西王母的使者。又指青雀舫,因船首画有青雀,故名。此处代指胡大参。

②祗:应作"祗(只)"。

③信宿:两夜。

④王伯：王霸。

⑤钓弋：钓鱼射鸟。

⑥谁惠谁鱼：《庄子·秋水》："庄子与惠子游于濠梁之上。庄子曰：'儵鱼出游从容，是鱼之乐也。'惠子曰：'子非鱼，安知鱼之乐？'庄子曰：'子非我，安知我不知鱼之乐？'惠子曰：'我非子，固不知子矣；子固非鱼也，子之不知鱼之乐，全矣。'庄子曰：'请循其本。子曰"汝安知鱼乐"云者，既已知吾知之而问我，我知之濠上也。'"

⑦谁庄谁蝶：《庄子·齐物论》："昔者庄周梦为胡蝶，栩栩然胡蝶也，自喻适志与，不知周也。俄然觉，则蘧蘧然周也。不知周之梦为胡蝶与，胡蝶之梦为周与？周与胡蝶，则必有分矣。此之谓物化。"

⑧功名蚁战：指梦中功名。《南柯记》写淳于棼梦入大槐安国，飞黄腾达，得享荣华富贵。元代赵孟頫词《苏武慢》："细看来聚蚁功名，战蜗事业，毕竟又成何济！"

⑨毁誉蜩鸣：《庄子·逍遥游》："蜩与学鸠笑之曰：'我决起而飞，抢榆枋而止，时则不至，而控于地而已矣，奚以之九万里而南为？'"

⑩北窗一梦：陶渊明《与子俨等疏》："常言五六月中，北窗下卧，遇凉风暂至，自谓是羲皇上人。"辛弃疾《水龙吟·老来曾识渊明》："问北窗高卧，东篱自醉，应别有，归来意。"

⑪教饷：食物，馈赠，指受到教诲。饷，同"飨"。

⑫不戒而孚:《周易·泰卦》:"六四,翩翩,不富以其邻,不戒以孚。"不用相互告诫而彼此信任。

⑬五可轩:当是胡大参的室名。

⑭灌园:本指浇灌田园等劳作,后因以灌园指代退耕隐居。《史记·邹阳列传》:"是以孙叔敖三去相而不悔,於陵子仲辞三公为人灌园。"於陵子仲,即陈仲,字子终,战国时期齐国思想家、隐士。

**【赏读】**

此是邀约胡大参的便信,通过回忆往年短暂相聚的情形,表达对胡大参的企盼之情。胡大参清高豪爽,看淡功名毁誉,"既清且和,先生真振古之人豪也",与陈眉公志趣相投。"不知谁惠谁鱼,谁庄谁蝶",与胡大参相聚畅谈,有渺然遗世之感。往年盛暑,不及长聚,匆匆而别。今年盛夏,避暑山中,长松飞瀑,清凉宜人,又有金橘杨梅,若得相知同游,岂不妙哉!本文清新典雅,连用数典,似信手拈来,唯有真性情,方能发此语。

# 上杨学台①

某极蒙明公国士之遇，知己感恩，屈指无两。自安山泽，不敢通京洛之书②，唐突云霄上衮③。前者推毂海内名贤④，即葑菲亦尘启事⑤，读之感愧交集。不知老侯生一腔热血⑥，何日洒报明公也。

不肖买山穿圹业十六年余，宁复有他念者？若鼓作声价，借隐为通，天日忌盈，必罚之以奇祸；人情责备，必中之以奇谗。惟置之无咎无誉之地，处之不衫不履之间，则除受大人君子之洪恩多矣⑦。

【注释】

①学台：学官名，学政的别称，提督学政，主管地方教育科举。

②京洛：洛阳多次为都，代指国都、朝廷。

③上衮：指宰辅。

④推毂（gǔ）：荐举，援引。

⑤葑菲：《诗经·邶风·谷风》："采葑采菲，无以下

体。"此处为谦称。尘:蒙尘,谦辞。启事:奏章。

⑥老侯生:侯嬴,战国时期魏国隐士,七十岁始得遇信陵君,待为上宾。侯嬴助信陵君窃取兵符,救赵退秦,后以自刎报答信陵君的知遇之恩。

⑦除受:《诗经·小雅·天保》:"天保定尔,亦孔之固。俾尔单厚,何福不除?俾尔多益,以莫不庶。天保定尔,俾尔戬穀。罄无不宜,受天百禄。降尔遐福,维日不足。"除,赐予。受,授。

**【赏读】**

杨学台向朝廷推荐了几个"海内名贤",陈眉公亦在其中,眉公以此信婉言谢绝。信中首先对杨学台的推荐表示感激,然后表明自己隐居山林、无意仕宦的决心。虽居终南,并不为走捷径,真心归隐,并非沽名钓誉。"天日忌盈,必罚之以奇祸;人情责备,必中之以奇谗",言之凿凿,信誓旦旦,态度明朗,言辞恳切,委婉而坚决,表明眉公隐居之志。

# 致去尘先生①

承仁兄远过山斋,且赠墨宝,不几时为吴门徐工部夺去,怅怅然若有所失。临行时云白下归②,更枉驾见访,今山笋欲成竹矣。望之望之!

吴门陈白室先生③,诗画双绝,品韵无一不如古人,弟兄事之,师事之。顷游新安④,慕去尘先生甚,即去尘何可不交白室先生?所谓有意趣、意味人也。贵宗多名公好贤,幸为致之,得一二贤地主,则赏鉴更胜于好事,不愁寂寂矣。千万留意,知仁兄决不待再三嘱也。

## 【注释】

①去尘先生:吴拭,字去尘,号逋道人,徽州休宁(今属安徽)人,性豪纵,轻财结客,好读书鼓琴,诗作清隽,工书画,擅长制墨及漆器,陈继儒有《吴去尘墨铭》。

②白下:南京的别称。

③陈白室:陈裸,初名瓒,字叔裸,号道樗、白室,吴

县（今江苏苏州）人，擅画山水，工书法，有《秋山高隐图轴》。

④新安：治今安徽歙县。

**【赏读】**

眉公在信中向吴拭推荐陈裸，盛赞陈裸诗画双绝，品韵非凡，眉公视之为兄为师。况且，陈裸也久慕吴拭之名，二人可谓志趣相投。"千万留意，知仁兄决不待再三嘱也"，言辞恳切，可见对友人的热心。吴拭送给眉公的墨宝，"不几时为吴门徐工部夺去"，诙谐幽默，生动有趣。

# 答冯大参①

得报后，日与友人迟候归信②，因伏几叹曰："清风百世，直道三黜③，固也。怜才如春风，拂面便消；忌才如严霜，一寒透骨，信哉！"

玄宰度冯先生脂车峭帆④，行必接淅⑤。某独曰："先生嵚崎磊落人也⑥，且以一官为桑下宿⑦，以一路佳山水为篱下物，紧绊芒鞋⑧，未知所至，度必不遂返里门。"今果然矣。

【注释】

①大参：参政的别称，明代于布政使下置左右参政。

②迟：等待。

③直道三黜：《论语·微子》："柳下惠为士师，三黜。人曰：'子未可以去乎？'曰：'直道而事人，焉往而不三黜？枉道而事人，何必去父母之邦？'"

④玄宰：董其昌。脂车峭帆：油涂车轴，以利运转，借指驾车。高张船帆，以利航行，借指行船。

⑤接淅：《孟子·万章下》："孔子之去齐，接淅而行。"朱熹集注："接，犹承也；淅，渍米也。渍米将炊，而欲去之速，故以手承米而行，不及炊也。"捧着已经淘过的米，后以"接淅"指行色匆匆。

⑥嵚崎磊落：比喻品格卓异超群。

⑦桑下宿：《后汉书·襄楷传》记载襄楷上疏："或言老子入夷狄为浮屠。浮屠不三宿桑下，不欲久生恩爱，精之至也。"唐代李贤注："言浮屠之人寄桑下者，不经三宿便即移去，示无爱恋之心也。"后以"三宿桑下"表现无留恋之意。

⑧芒鞋：用芒茎外皮编织而成的鞋，亦泛指草鞋。

【赏读】

冯大参黜官回乡，写信报陈眉公，眉公以此信回复。信中一"叹曰"，写冯大参大才遭嫉而贬黜，表达相惜之意。一"独曰"，感慨冯大参是卓异磊落之人，为官只是暂时栖身，并不留恋，隐居篱下，才是其向往的生活。眉公料定冯大参一路游山玩水，缓缓而行，不可能立即返回故里，后见来信，果然如此。表现对冯大参的相知之情。言辞真挚恳切，情感充沛，不加修饰，朴素自然，娓娓道来，如叙家常。

# 与王季重①

某循分守拙,时与樵童渔叟,混迹于山巅水涯。虽蒙明公士赐顾城居,仅一谒谢,逡巡而返,尚未登元礼之堂②,识荆州之面也③。岁时伏腊④,屡蒙赐饩⑤,而不肖落落如故者⑥,犹谓父母孔迩⑦,所以酬知报恩者有日。而今已矣。

寸心未死,秃管尚在,雪谗理枉,岂后古人?自来蠖屈而伸⑧,鹏息而飞⑨,非特造物之成就有机⑩,即圣贤之处困亦必有道。愿明公勿介介胸中,则十五城、九万里故在也。

## 【注释】

①王季重:王思任,明代文学家。字季重,号遂东,山阴(今浙江绍兴)人,累官江西按察司佥事。鲁王监国时,官至礼部右侍郎。顺治三年(1646),绍兴为清兵攻破,绝食而死。工诗文书画,是晚明小品名家。有《王季重十种》等。

②登元礼之堂:《后汉书·李膺传》:"李膺,字元礼。……是时,朝廷日乱,纲纪颓阤,膺独持风裁,以声名自高。士有被其容接者,名为登龙门。"

③识荆州之面:李白《与韩荆州书》:"生不用封万户侯,但愿一识韩荆州。"荆州,韩朝宗,唐玄宗时为荆州刺史,人皆景慕之。

④伏腊:指伏祭和腊祭之日。

⑤饩(xì):泛指粮食。

⑥不肖:谦辞,不才,不贤。落落:零落孤独,不遇合。

⑦父母:明清时期对州县地方官称父母官。此处指王思任。孔迩:很近。王思任曾官青浦令,青浦与华亭为邻县。

⑧蠖(huò)屈而伸:《周易·系辞下》:"尺蠖之屈,以求信也。龙蛇之蛰,以存身也。"信,同"伸",舒展。

⑨鹏息而飞:用《庄子·逍遥游》:"北冥有鱼,其名为鲲。鲲之大,不知其几千里也;化而为鸟,其名为鹏。鹏之背,不知其几千里也;怒而飞,其翼若垂天之云。"

⑩机:机遇,时机。

## 【赏读】

王季重二十一岁中进士之后,一生三仕三黜。在青浦县令任上,王季重清理田亩,平均赋税,以致与漕使相忤而落职,遂拂袖而去,纵游名山大川。此信笺当写于王季重青浦县令遭谗去官后。眉公隐居时,多蒙季重照顾，"赐顾城居""屡蒙赐饫"，而眉公尚未当面致谢，"尚未登元礼之堂，识荆州之面也"。总以为来日方长，且又近在咫尺。不料季重黜官，从此相见不易矣。信中宽慰季重"勿介介胸中"，终将沉冤得雪，蠖伸鹏飞之日可待。王季重性情谐谑滑稽，放纵不羁，对于黜官一事未必耿耿于怀，他自谓"舌如风，笑一肚"（《谑庵自赞》）。张岱亦评价季重："少年狂放，以谑浪忤人。"（《有明越人三不朽图赞》）陈眉公在写给季重《游唤》的序中道："王季重笔悍而神清，胆怒而眼俊。"又于《拟存稿》序中评价其诗云："方且鞭风霆，移星宿，醢魔鬼，赭五岳欲使童，煮四大海欲使沸，瞠圣人不受，睨神仙不为。"与此文相互参照，可以想见季重之为人。

## 上王相公（一）①

岁暮捧读手翰，累累百言，计先生方在病冗中，何以得此？又辱订以来岁之盟，若宽其罪过，而不忍绝之门墙之外者，思之感戢②。

以某之不肖，叨侍盛德之傍，两年以来教之诲之，饮之食之，亦已至矣。兹者倦倦相勉，又将使之左右朝夕焉。令郎名教中人也③，高明直亮，窃尝藉之以为旃檀④，而令郎亦集不肖为竹头木屑之用⑤，心相靡，神相合也，"辞"之一字，亦何忍出口？

顾不肖敢于方命者⑥，亦自有说。念家贫不能养亲，势必藉馆谷⑦，然无事而食人之食，不无少惭。偶欲开家塾，聚里中三四生徒为糊口计。倘举业之暇，若以礼义廉耻，互相提撕⑧，庶几少存人道之一二。不肖生平恒心恒产⑨，尽在此举动，宛然村学究面目，老相公想喷饭满案也。

用此⑩，力辞令郎长兄，并谢阁下之命。伏惟台慈照原⑪，不胜惶恐。

## 【注释】

①本篇与下篇题目均为"上王相公",为了便于区分,编者根据写作年代,将本篇标注为"一",下篇标注为"二"。王相公:王锡爵,字元驭,号荆石,苏州太仓(今江苏太仓)人,官至建极殿大学士,为内阁首辅,故称"相公"。

②感戢:犹感激。

③令郎:指王锡爵之子王衡,字辰玉,号缑山,别署蘅芜室主人。擅诗文、戏曲,榜眼及第,授任翰林院编修,后辞官归隐,中年早卒。著有《缑山集》《郁轮袍》等。名教:指以儒家正名定分为主的教化。

④旃(zhān)檀:即檀香。

⑤不肖:对自己的谦称。竹头木屑之用:《晋书·陶侃传》记载:"(陶侃)时造船,木屑及竹头悉令举掌之,咸不解所以。后正会,积雪初晴,听事前余雪犹湿,于是以屑布地。及桓温伐蜀,又以侃所贮竹头作丁装船。其综理微密,皆此类也。"指看似不起眼,或许还有用。

⑥方命:违命,抗命。《尚书·尧典》:"帝曰:'吁,咈哉!方命圮族。'"蔡沉集传:"方命者,逆命而不行也。"后亦用作难于应命的婉辞。

⑦藉:凭借。馆谷:指坐馆,设私塾,也指塾师的束脩酬金。

⑧提撕:教导,提醒。
⑨恒心恒产:《孟子·梁惠王上》:"无恒产而有恒心者,惟士为能。"
⑩用此:因此。
⑪照原:关照原谅。

**【赏读】**

《明史·隐逸传·陈继儒传》记载,"〔万历十一年(1583)〕太仓王锡爵招与子衡读书支硎山"。两年后,陈继儒与王衡、董其昌等参加乡试,皆名落孙山。乡试失利后,陈继儒无意功名。王锡爵致信邀请陈继儒来年再与王衡相聚读书,陈继儒以"家贫不能养亲,势必藉馆谷"为由,婉言谢绝。之后,陈继儒焚儒生衣冠,弃举子业,隐居昆山之阳。王锡爵得知此事,笑言:"是子也,不鸣不舞,无乃类羊公之鹤?"

本文用语委婉,措辞自然得体,文中言拒邀为养亲,恐只是其一。无意功名、弃绝举业或是拒邀的真正缘由。

# 上王相公(二)①

近来天变异常,淫雨累月,自五月端午前,至今六月既望,大浸稽天矣②。询知父老,言水潦之苦,有甚于旱,而今岁之水,有甚于嘉靖四十年辛酉之时。何者?苏松偏处东南③,地势卑下,号为泽国,旱尚可医,水则难疗。姑无论田事,即如旱魃之年,屋庐不至塌毁,圩岸不必增修,杂作经营④,可以易米而食。薙草伐木⑤,可以代薪而炊。今则通市如河,出门即雨,邻里不相往来,水火几至断绝。披簑带笠,倍添衣食奔走之劳。忍湿受饥,渐酿疾病死亡之祸。此水之害,所以甚于旱也。辛酉以前,催科尚缓⑥,风俗尚俭,民户尚实,水势尚杀。今则朝廷之会计,无年不增;闾阎之侈靡⑦,无处不盛;百姓之财力,无日不消;风雨之恶声,无刻不闹。此今日之水,有加于嘉靖四十三年之时也。且此雨在七八月间,则稻谷渐实,可以击舟楫而拾残禾。此雨在三四月间,则秧苗未莳,可以留工本而救余喘。今不先不后,适值其时,即使天色渐晴，而苗根已腐矣。即欲播谷复种，而时气又非矣。所恃者花豆，花豆化为朽拔矣。所恃者瓜菜，瓜菜没于草莽矣。独有堤岸一事，男女老幼，以其日夜合并之力，或可恃为侥幸数日之谋。而淫雨不休，泥土易败，筑于此，溃于彼矣，成于尺，败于丈矣。况西北大风，不时起发，太湖苕云之水[8]，滔滔东下。顷刻之间，顿至没胫，则尚安有毫发之望哉！京师财赋，仰给东南，苏松小民，全仗耕织。如使旱潦节调，风雨时适，则百姓犹得偷其耒耟桔槔之暇[9]，以从事于桑麻杼柚之间[10]。今水变如此，举家之中，非书戽田水[11]，则守筑河堤，赤足垢体，惟恐不及，尚有余暇及纺绩乎？纺绩无暇，尚安从易薪米乎？薪米无所出，能坐而待死乎？死期将至，弱者不为丐，强者不为盗乎？盗贼四散，有司不三尺乎[12]？三尺相约，则进退皆死地耳，又安所他顾乎？此言之可惧可惊者也。

为今之计，圣君贤相，以蠲租为第二义，而以赈贷为第一策，则嗷嗷枵腹之绕[13]，哀哀露处之众，或可少恃以无恐，而勉强支吾以待朝庭现年破格之恩例耳。今先生手握调燮之权[14]，耳熟桑梓之变[15]，必至卧不怗席[16]，食不知味，岂有以天下为第一家，而不以苏松为同室者哉？今两台具疏请题[17]，其恩赐在圣明，而其调停委曲则在阁下。若少缓时日，圣诞长封在迩，地方灾异，不得上疏。如待圣诞开庙而后发旨，则会计已定，民心愈急，恐非百万生灵，所以千里而号于父母者也。某近投影乡村，目击斯苦，故无忘忌讳，为先生陈之。幸亟图所以，上挽天变，而下救民穷者，幸甚。

## 【注释】

①王相公：王锡爵，苏州太仓（今江苏太仓）人，时任内阁首辅。

②大浸稽天：《庄子·逍遥游》："大浸稽天而不溺。"大浸，大水。稽，至也。

③苏松：苏州、松江一带。

④杂作：一起劳作。《史记·司马相如列传》："相如身自着犊鼻裈，与保庸杂作，涤器于市中。"

⑤薙（tì）草：除去野草。

⑥催科：催收租税，租税有科条法规，故称。

⑦闾阎：原指古代里巷内外的门，后借指里巷，泛指民间。

⑧苕云之水：即苕溪，有二源，出浙江天目山之南者为东苕，出天目山之北者为西苕，在今湖州附近两溪合流注入太湖，夹岸多苕，故名苕溪。

⑨耒耜：泛指农具。桔槔：井上汲水的工具。

⑩杼柚（zhù zhóu）：织布机上的两个部件，即用来持

纬的梭子和用来承经的筘，亦借指织布机。

⑪书戽（hù）田水：排去田中之水。戽，灌田汲水用的旧式农具，此处指用戽排水。

⑫三尺：指法律，古时将法律条文写在三尺长的竹简上，故称。

⑬枵（xiāo）腹：空腹，谓饥饿。

⑭调燮（xiè）：犹言调和阴阳，古时谓宰相能调和阴阳，治理国事，故以之称宰相。

⑮桑梓：古时常于屋旁栽种桑树和梓树，后用以指代家乡。

⑯怗（tiē）：安宁，安静。

⑰两台：藩台和臬台，指明清时期地方最高行政长官承宣布政使和提刑按察使。

## 【赏读】

据明人张瀚《松窗梦语》记载，嘉靖年间，他"尝往来淮、凤，一望皆红蓼白茅，大抵多不耕之地。间有耕者，又苦天泽不时，非旱即涝。盖雨多则横潦弥漫，无处归束。无雨则任其焦萎，救济无资。饥馑频仍，窘迫流徙，地广人稀，坐此故也"。文中所记即是发生在苏州、松江一带的涝灾，其势有甚于嘉靖年间之灾。苏松地势低湿，水潦之苦甚于旱灾。旱灾时房屋不至于塌毁，堤岸不必增修，苦心经营，或许尚可易米而食，砍伐草木,有薪可炊。涝灾则衣食几至断绝,忍湿受饥,渐酿疾病,又加世风侈靡,朝廷赋税无年不增,百姓困苦可知。况且,涝灾发生于五六月份,恰逢百谷生长之时,即使雨止水退,而苗根已腐,不但庄稼将颗粒无收,淫雨连绵,恐怕堤岸也要崩毁,"尚安有毫发之望哉"。百姓忙于淘水筑堤,无暇耕织,无复果腹蔽体,恐沦为乞丐盗贼。地方官已就此事上疏朝廷,陈眉公因此上书王锡爵,建议朝廷赈贷粮食,蠲免租税,并希望身为台甫的王锡爵能从中调停周全,督促朝廷速办速决,拯救家乡百姓。

这是陈眉公忧国忧民、为民请命的一篇文章,洋洋千言,字字血泪。描写洪涝之酷,民生之苦,哀愁凄惨,历历在目。他请求王锡爵,言辞恳切,反复陈述。全文语言通俗自然,而又沉痛慷慨,体现了陈眉公虽隐居山中,仍忧国忧民、为民请命的赤子之心。

## 与徐长孺①

昨为士端少君转拜,鼓吹沸耳,东家娶妇,西邻妻女儿子。空结七尺②,无所聊赖。母氏悲慈,低迷噪泣。老父刚肠,亦复陨涕。相对夜分,竟至罢饮。足下谓仆能堪乎?仆,丈夫哉,而乌所恋恋家室足乐也。顾嫡母粗健,生母不脱床笫者五年余矣。而大公复六十有一,颓然阿翁,儿子日不进膳,岁不上寿,足下又谓仆能堪乎!仆中夜自计,窃欲从泽夫移贷三十金③,岁偿十金而益以子钱,盖三年淹也④。足下谓可不可?仆即不佞⑤,宁敢负心。第泽夫爱我⑥,愧非深交,先生道尊,难以张口,所恃足下相知,与先生商,其可否为仆一再言之?春风渐融,桃夭始华,而妇翁多病,有相趋之意⑦。天缘或在此也。称贷钱帛,古人所丑,然仆齿过弱冠,而尚未歌车牵之章⑧,闻鸡鸣之警⑨,窘叹可知。鲍子惠我,当不以我为贪也⑩。唯足下留意焉。

**【注释】**

①徐长孺：陈继儒之友，编有《东坡禅喜集》。

②七尺：指身躯，人身长约当古尺七尺，故称。

③泽夫：徐元普，字泽夫，号五修，内阁大学士徐阶之孙，明代华亭（今上海市松江区）人。

④淹：满，完结。

⑤不佞：谦辞，犹言不才。《左传·僖公十五年》："寡人不佞，能合其众而不能离也。"

⑥第：但。

⑦相趋：本指因与丧家互闻姓名而前往吊问，此是去世的婉称。

⑧车牵之章：《尚书·酒诰》："肇牵车牛，远服贾用，孝养厥父母。"牵牛赶车去外地从事贸易，孝敬赡养父母。

⑨鸡鸣之警：《孟子·尽心上》："鸡鸣而起，孳孳为善者，舜之徒也。"《晋书·祖逖传》："中夜闻荒鸡鸣，蹴琨觉，曰：'此非恶声也！'因起舞。"南宋陆游诗《闻鸡鸣自警》："为善孳孳进德新，鸡鸣每念舜何人。此身强健直须勉，一日会当无此身。"皆指奋发自勉。

⑩"鲍子"二句：《史记·管晏列传》："管仲曰：'吾始困时，尝与鲍叔贾，分财利多自与，鲍叔不以我为贪，知我贫也。'"鲍子，鲍叔牙，春秋时期齐国大夫，知人善任，向齐桓公推荐管仲，管仲辅佐齐桓公成为春秋霸主。

【赏读】

　　陈眉公家贫，父母悲愁，相对陨涕，竟至罢饮，只得托好友徐长孺向徐元普借贷。文中两次感慨"仆能堪乎"，极写悲戚愧疚之感。此信语气谦卑，感慨遥深。眉公欲借贷三十金，年还十金加利息，三年还清。征求徐长孺的意见，"足下谓可不可""可否为仆一再言之"，并言自己"难以张口""宁敢负心"，言辞委婉谦逊，一再叮咛，可以想见其家中已非常窘迫，张口借贷实是无奈之举。

# 答赵无声[①]

古有遥闻声而相慕者,以为虚语耳。今乃得之尊公与门下[②]。门下不委序于通人[③],而委之儒。此舍芍药之和,而以蔬笋馈客,将无为肉食者所咯咯否[④]。是在门下更调而俎之,幸甚。

**【注释】**

①赵无声:赵维寰,字无声,平湖(今浙江嘉兴)人,万历庚子举人。著有《尚书蠹》《读史快编》《雪庐焚余稿》等。

②门下:敬辞,称呼对方。

③通人:学识渊博、学贯古今的人。

④肉食者:指诸侯、大夫等有地位的人。《左传·庄公十年》:"其乡人曰:'肉食者谋之,又何间焉?'刿曰:'肉食者鄙,未能远谋。'乃入见。"咯咯:形容笑声。

**【赏读】**

　　赵无声慕眉公之名，请其为之作序，眉公婉言推辞。信中眉公自比蔬笋，不堪登堂馔客，否则将被贵人嘲笑，希望赵无声再加斟酌。文章措辞委婉，语言得当，礼貌周全而又态度鲜明，风格委婉简洁。

# 答项楚东

初坚客戒，如棘篱护笋，正与韵士相隔。柳花如霰，鸳鸯倦飞，小阁褰帷①，残炉尚烬。此时恨不与我丈共之②。二诗正如小儿涂鸦③，不堪一笑。差有米家山，少能忏垢耳④。懿卜印章直是汉手。吾丈不令作泰山无字碑⑤，至荷⑥。

【注释】

①褰帷：又作"褰帏"，撩起帷幔。

②丈：对年老男子或长辈的称呼。

③小儿涂鸦：唐代卢仝《示添丁》诗写其子添丁涂抹诗书："忽来案上翻墨汁，涂抹诗书如老鸦。"此处谦称自己诗作拙劣。

④忏垢：忏洗污垢，弥补缺憾。

⑤泰山无字碑：位于泰山玉皇顶玉皇庙门前，碑高6米，宽1.2米，厚0.9米，形制古朴浑厚，碑上无字，不知是何人所立，成为千古之谜。

⑥至荷：书信用语，表示受人之惠，甚为感激。

## 【赏读】

陈眉公《春暮寄项楚东》诗："莫笑道人多谢客，误人头白是《阴符》。"与本文中"初坚客戒"或是一事。眉公初闭门谢客，不觉春光荏苒，"柳花如霰，鸳鸯倦飞"，描摹出春光烂漫的景象。"小阁襄帷，残炉尚烬"则表达春日的慵懒和寂寞。幸有友人来信，以二诗答之，友人未让作像泰山无字碑一样的大难题，难为自己，已经是非常感激了。结句幽默诙谐。全文寥寥数语，脉络分明，有情有景，摇曳生姿。

# 卷三 题记

唐张藻写梅,双手并下,一写枯枝,一写生干。生者荣润春泽,枯者干烈秋风。

## 《花史》题词[①]

吾家田舍,在十字水中,数种花外,设土锉、竹床及三教书[②],除见道人外,皆无益也。独生负花癖,每当二分前后[③],日遣平头长须[④],移花种之,犯风露,废栉沐,客笑曰:"眉道人命带桃花。"余笑曰:"乃花带驵马星耳[⑤]。"幽居无事,欲辑《花史》,传示子孙,而不意吾友王仲遵先之。其所撰《花史》二十四卷,皆古人韵事,当与农书、种树书并传。

读此史者,老于花中,可以长世;披荆畲砾[⑥],灌溉培植,皆有法度,可以经世;谢卿相灌园[⑦],又可以避世,可以玩世也。

但飞而食肉者[⑧],不略谙此味耳。

【注释】

①《花史》:指《花史左编》,明代王路撰,载花之品目故实,分类编辑。王路,字仲遵,嘉兴人。

②土锉(cuò):指炊具,犹今之砂锅。三教:儒、

释、道。

③二分：指春分、秋分。

④平头长须：汉王褒《僮约》："资中男子王子渊，从成都安志里女子杨惠，买亡夫时户下髯奴便了。"后因以代指奴仆。李白《梁园吟》："平头奴子摇大扇。"韩愈《寄卢仝》："一奴长须不裹头。"

⑤驲（rì）马星：即驿马星，迷信之人所认为的主奔波劳碌之星，比喻奔波劳碌。驲马，指驿马。

⑥畚（běn）砾：用畚箕盛土石。

⑦灌园：仲子灌园，典出《高士传·陈仲子》。战国齐陈仲子，以其兄食禄万钟为不义，隐居于楚国於陵。楚王欲以为相，与妻逃，为人灌园。

⑧飞而食肉：语出《后汉书·班超传》："超问其状，相者指曰：'生燕颔虎颈，飞而食肉，此万里侯相也。'"此指达官贵人。

【赏读】

本文名为《〈花史〉题词》，实是写种花的乐趣。眉公爱花，每到春分、秋分前后，便移花种植，冒着风露，无暇梳洗。"乃花带驲马星耳"，以戏谑之语回复客人的戏谑，其实乐在其中矣。居于花中，可以延寿；开荒辟土，灌溉培植，皆有学问，可以治理国事；谢绝卿相往来，可以远离世俗。寥寥数语，种花的乐趣盎然而出。

# 《素位编》题词[①]

昔孟蜀李司马以牡丹数枝赠人,即以兴平酥同赠,曰:"俟花残,则以酥煎食之,无弃浓艳。"[②]予尝笑此乃闺阁中儿女子事,李君者何至攀缘花神,越尸祝而代之耶[③]?及读今日《素位编》,所谓情之所钟,正在我辈。

二三子不忍弃其手泽,而相与阿私其所好,以公诸同调者,不得谓大夫越境[④],亦李司马及春赠花之意耳。不然,以呕心之语,委而付之于乌有先生[⑤],则十分春色狼籍几尽,惜哉!弃尔浓艳多矣。

予不韵,附庸而与之游,二三子忘其丑也,而思以吾言为冠。此何异翡翠之巢其先甚高也,爱其羽毛,而巢数徙,毛更佳,则巢更下。诸君之羽毛美矣,余之文其徙而下乎[⑥]!

【注释】

①素位:谓现在所处地位。语出《中庸》:"君子素其位

而行,不愿乎其外。"孔颖达疏:"素,乡也。乡其所居之位而行其所行之事,不愿行在位外之事。"

②"昔孟蜀"数句:孟蜀是五代时十国之一,孟知祥所建,都成都,史称后蜀,历二主,共三十三年。李司马当是李昊,南宋祝穆等《古今事文类聚》中有"酥煎牡丹"一条,孟蜀时,李昊每将牡丹花数枝分遗朋友,以兴平酥同赠,且曰:"候花凋谢,即以酥煎,食之,无弃秾艳。"苏轼《雨中看牡丹》:"未忍污泥沙,牛酥煎落蕊。"《雨中明庆赏牡丹》:"明日春阴花未老,故应未忍着酥煎。"

③越尸祝而代之:《庄子·逍遥游》:"庖人虽不治庖,尸祝不越樽俎而代之矣。"比喻做超越自己职权范围的事情。

④大夫越境:《公羊传·庄公二十七年》:"大夫越境逆女,非礼也。"

⑤委而付之于乌有先生:指抛弃。乌有先生,虚拟的人或物。司马相如《子虚赋》虚构了三个人物:子虚先生、乌有先生、亡是公。

⑥"此何异"数句:《艺文类聚》卷九十二引《交趾异物志》:"翠鸟先高作巢以避患,及生子,爱之,恐坠,稍下作巢。子生毛羽,复益爱之,又更下巢也。"

**【赏读】**

二三子请陈继儒为其《素位编》题词,陈笑言二三子爱惜《素位编》犹如后蜀李昊爱惜牡丹,不忍弃置。

又以翠鸟作巢典故,戏称诸君之作如翠鸟羽毛之美,而己之题词却如翠鸟之巢愈徙愈下。全文戏谑风趣,清新风致,读之令人忍俊不禁。

# 题《姚平仲小传》①

人不得道,生老病死四字关,谁能透过?独美人、名将,老病之状,犹为可怜。李夫人、马伏波是也②。夫红颜化为白发,虎头健儿化为鸡皮老翁,亦复何乐。西子入五湖③,姚平仲入青城山,他年未必不死,直是不见末后一段丑境耳。故曰:神龙使人见首而不见尾④。

**【注释】**

①《姚平仲小传》:南宋陆游撰。姚平仲,字希晏,北宋名将,屡立战功,号"小太尉"。靖康间,保卫京师不利,遂乘青骡逃亡,至青城山隐居。年八十余,紫髯浓密长数尺,面奕奕有光,行动迅捷若奔马,为人作草书,风格奇伟。然而秘不言得道之由。

②李夫人:汉武帝刘彻的宠妃,李延年、李广利之妹,倾国倾城,妙丽善舞。临终前,因病重色衰,容颜憔悴,不敢见汉武帝。马伏波:马援,字文渊,扶风茂陵(今陕西兴

平东北）人，东汉开国功臣，官至伏波将军，世称"马伏波"。后在进击武陵五溪蛮时，病死军中，后被追谥为"忠成"。

③西子入五湖：春秋时范蠡助越灭吴后，据说同西施泛舟五湖，隐居田园。

④神龙使人见首而不见尾：比喻人行踪神秘莫测，不露真相。

## 【赏读】

眉公因姚平仲事迹而发此感慨：生老病死，世俗之人谁能透过！美人、名将因前期之美盛，相比之下，其老病之状，更显可怜。即使如姚平仲年八十余，神采奕奕，紫髯数尺，行动迅捷，恐亦难透生死关，他年未必不死。本文感慨人生，忧郁深沉，与其他文章轻灵潇洒、风趣幽默的风格不同。

# 自题小像

读古人书,识古人字。淡然无营①,履脱名利。不出户庭,短褐茹粝②。为圣人氓③,如此而已。

**【注释】**

①无营:无所谋求。

②茹粝:吃粗糙的米。茹,吃。

③为圣人氓:做圣明君主的子民。《孟子·滕文公上》:"陈良之徒陈相与其弟辛,负耒耜而自宋之滕,曰:'闻君行圣人之政,是亦圣人也,愿为圣人氓。'"

**【赏读】**

自题小像,简练生动,无冗杂之言,无场面语,不加修饰,文如其人。

# 题自画

儒家作画,如范鸱夷三致千金<sup>①</sup>,意不在此,聊示伎俩。又如陶元亮入远公社<sup>②</sup>,意不在禅,小破俗耳。若色色相尚,便似富儿持筹握算,俗僧以钟鼓礼忏。此何足污我笔神!

海岳外史米元章,好写云山,时于致爽轩游戏盘礴。余亦偶为之,飞云排空,狞龙下现于几上研,山水皆如沸耳。

唐张藻写梅<sup>③</sup>,双手并下,一写枯枝,一写生干。生者荣润春泽,枯者干烈秋风。余似兼得之,偶仿杨补之笔<sup>④</sup>。记此。

余以十月搜山,黄叶满鞋,白云争席,一点疏淡幽冷之致,惟倪高士得之<sup>⑤</sup>,不知此亦有小似处否。

宋待诏宋显祖<sup>⑥</sup>,以颜真卿铁画书法作柳干<sup>⑦</sup>,以游丝白描作柳枝<sup>⑧</sup>。余亦仿此,具眼定能赏之。

溪林落落,芦苇萧萧。谁与同此,万卷一瓢。

"众香国中来,众香国中去",此《华严经》语<sup>⑨</sup>,

可作梅花小照。

余少年戏同玄宰弄画⑩，懒复罢去，且笔力懦钝，正如猕猴骑土牛，鞭叱不前耳。此册乃少作，见之不觉掩面，幸弗示玄宰。

**【注释】**

①范鸱夷：范蠡，字少伯，辅佐勾践灭吴后，据说归隐江湖，变易姓名，自称"鸱夷子皮"。《史记·越王勾践世家》："范蠡浮海出齐，变姓名，自谓鸱夷子皮，耕于海畔，苦身戮力，父子治产。居无几何，致产数十万。齐人闻其贤，以为相。……乃归相印，尽散其财。……间行以去，止于陶。……居无何，则致赀累巨万。天下称陶朱公。"

②陶元亮：陶渊明，字元亮，又名潜，世称"靖节先生"。入远公社：萧统《陶渊明传》："时周续之入庐山事释惠远，彭城刘遗民亦遁迹匡山，渊明又不应征命，谓之'寻阳三隐'。"远公，指僧人惠远，隐居庐山。

③张藻：一作"璪"，字文通，唐代书画家。朱景玄谓其画松："手握双管，一时齐下，一为生枝，一为枯枝，气傲烟霞，势凌风雨，槎丫之形，鳞皴之状，随意纵横，应手间出，生枝则润含春泽，枯枝则惨同秋色。"

④杨补之：杨无咎，字补之，自号逃禅老人，宋代词人、书画家，尤擅画墨梅。

⑤倪高士：倪瓒，无锡（今属江苏）人，元代画家，擅

画水墨山水，师法董源。晚年画风平淡旷逸，笔简意远。

⑥宋显祖：应作"苏显祖"，陈继儒《题自画季仲举新柳扇》："宋待诏苏显祖以颜真卿铁画书法作柳干，以游丝白描作柳枝。余亦仿此。仲举具三昧眼，定能赏之。"苏显祖，宋代待诏，钱塘人，工山水、人物画。

⑦颜真卿：唐代书法家、名臣，曾任平原太守，人称"颜平原"，"楷书四大家"之一，开创"颜体"。铁画书法：刚劲遒媚的书法艺术，类似铁画。铁画是用铁片铁线锻打焊接而成的画作，风格遒劲。

⑧游丝白描：用细线勾勒的一种白描手法。

⑨《华严经》：佛经名，全称为《大方广佛华严经》。

⑩玄宰：董其昌，字玄宰，号思白、香光居士，明代书画家，擅画山水。

## 【赏读】

本文是陈继儒为自己少年画册所题的词。其画作风格，云山似米芾，松梅似张藻、杨补之，疏淡幽冷似倪瓒，刚劲遒媚似苏显祖。眉公自言，意不在作画，只是消遣伎俩。少年时曾与董其昌一同作画，董其昌已成书画大家，享誉海内。眉公因懒散未能坚持，见少年时作，不觉惭愧。庆幸董其昌并未看到，否则将被他讥笑。语言幽默风趣，不失童真。尤其将自己不长进比作猕猴骑黄牛，鞭叱不前，譬喻新奇别致，又不乏诙谐风雅。

# 题《米仲照石卷》①

米元章相石法：曰秀，曰绉，曰瘦，曰透。今米仲照所藏灵璧，更有出四法外者，虽百方穷态，十面取姿，图与记仅得仿佛耳。

仲照得此石，终日摩挲相对，体疲为之起，意恶为之快。度其有情之痴，行且化为石矣。仲照闻而笑曰："昔吾家元章袖中卷石②，恨太小，宝晋斋百夫辇致一品石③，恨太大，惟此石，可几可案，可置咫尺，可随千里。光如鉴，铿如玉，黝如石墨，润如山川出云。其群峰如漏月割天④，其积溜如渍水擘雪，其洞壑岩窦，如有毒鲛怒猊鬼怪，出没其中。不省何缘落吾手。昔者，牛奇章、李赞皇相业如水火⑤，而独好石无异。盖石公之群而不党如此⑥。吾居辇毂下⑦，非独友石，友其德也。"

陈子曰："善。"遂题数语归之。

## 【注释】

①米仲诏：米万钟，字仲诏，又字仲诏，号友石，米芾后裔，好石，明代书画家，与董其昌齐名，称"南董北米"。

②袖中卷石：米芾爱石成癖，因石废职事，监察使杨杰前往责之，米芾从袖中连出三石，以示杨杰，皆清润玲珑，奇巧精致，曰："如此石安得不爱！"杨曰："非独公爱，我亦爱也！"夺之登车而去。

③宝晋斋：米芾书斋名，因其崇尚晋人书画，故名宝晋斋。明代曹学佺《石仓历代诗选》中收录米芾一诗，诗序中提及："西山书院，丹徒私居也。上皇樵人以异石来告余，凡八十一穴，状类泗淮山一品石，加秀润焉，余因题为洞天一品石，以丽其八十一数，令百夫辇致宝晋斋。"

④漏月割天：形容群峰高耸，遮天蔽月，天空仿佛被割裂，月光只能从群峰缝隙中射出。极言群峰之高峻。

⑤牛奇章：牛僧孺，字思黯，唐穆宗、唐文宗时宰相，牛党领袖，曾封奇章郡公。爱蓄奇石，收集大量太湖石，白居易《太湖石记》称其"待之如宾友，亲之如贤哲，重之如宝玉，爱之如儿孙"，并且将石分为四类三等进行品评。李赞皇：李德裕，字文饶，唐代赵郡（治今河北赵县）人，李党领袖。曾任唐武宗时宰相，进封赞皇县伯。在洛阳建造平泉庄，植奇花异草，珍松怪石，园中有"醒酒石"，醉时卧其上，立感清爽。"牛李党争"势如水火，互相倾轧，从穆

宗朝至宣宗朝，前后近四十年。

⑥群而不党：与众合群，不结私党。《论语·卫灵公》："君子矜而不争，群而不党。"

⑦辇毂：皇帝的车驾，代指京都。

**【赏读】**

　　本文为题米仲照奇石画卷，却不写画中之石，而写画外之石。写画外之石，却不通过眉公目之所见而写，而通过米仲照所言而出。行文跌宕开合，别开生面。文中描写奇石，采用多个比喻。此石不大不小，可几可案，可近可远，光亮如镜，响声如玉，色如石墨，润如山云。群峰高耸遮天，积溜清亮如雪，岩洞如藏鬼怪。奇石具奇德，可解水火之怨仇，使君子群而不党。面对如此奇石，米仲照不禁感慨："不省何缘落吾手！"有缘得此奇石，何其奇也幸也。石奇，人奇，画奇，文亦奇。

# 题清微亭

　　余考室九峰中①，欲种柑橘，为游客沓至，多为挦剥②，生人我相③。极冬霜雪清刻，不免为木奴衣薪着裘④，懒道人不暇也。清微亭架修竹老松间，差堪棋位⑤。顾此道偏劣，仅胜孤山逋翁耳⑥。赖先我藏拙者⑦，有子瞻先生在。辛亥极旱，忽得甘雨，噫欠风雷⑧，书此志快。

## 【注释】

　　①考室：本谓宫寝落成之礼，后泛指相地筑屋。

　　②挦剥：拉拉撕剥。特指剥取割裂他人的诗文。

　　③生人我相：佛家语，生出分别心。此指计较彼此。

　　④木奴：《三国志·吴书·孙休传》："……徙休于丹阳郡，太守李衡。……"裴松之注引晋习凿齿《襄阳记》："（李衡）于武陵龙阳汜洲上作宅，种甘橘千株。临死，敕儿曰：'汝母恶我治家，故穷如是。然吾州里有千头木奴，不责汝衣食，岁上一匹绢，亦可足用耳。'……吴末，衡甘橘

成,岁得绢数千匹,家道殷足。"柑橘树如奴仆,可聚财,且不费衣食,后以木奴代指柑橘。

⑤差:大致,勉强。

⑥逋翁:林逋,字君复,北宋隐逸诗人,隐居西湖孤山,终生不仕不娶,唯喜植梅养鹤,自谓"以梅为妻,以鹤为子",人称"梅妻鹤子"。

⑦藏拙:苏轼《与司马温公》:"彭城嘉山水,鱼蟹侔江湖,争讼寂然,盗贼衰少,聊可藏拙。"

⑧噫欠:噫气和打哈欠,泛指吐气,此指风吹雷鸣。韩愈《读东方朔杂事》诗:"噫欠为飘风,濯手大雨沱。"

## 【赏读】

亭名清微,亭架修竹老松间,清淡和谐;亭间仅容棋位,微小玲珑。亭旁无柑橘,免惹俗世烦恼,冬天无为木奴衣薪着裘之辛劳。流连亭间,与林逋、苏轼神交为友。又值久旱逢甘霖,岂不快哉!

## 题孙世声紫藤

雁洲孙先生，曾手栽紫藤，仅如寸许，为邻儿摘去，几无萌芽。郎君侍洲公，乃复引之而上。今将六十余年，遂能荫及半亩。乃孙世声，构一室于藤下，大可围四掌。其根如瘿钵，其枝如悬锤，其花如绛雪红霞。其客踞而坐者，如飞猿宿鹤。其主人翻经，如壁观僧①，饮酒如醉道士②，横琴如黄葛野人③，肃客如桃花渔父④，往往皆倚藤为胜。余每造藤下，弥日忘返，徙倚凉荫，香欲寒而余不去，直以主人真堪晏坐，是藤又借主人为胜也。寒山野幕，苍藤满床。触辕回车⑤，夫岂在物？

【注释】

①壁观：佛家语，大乘虚空宗的修行方法，外息诸缘，内心无惴，心如墙壁。《五灯会元·东土祖师·初祖菩提达磨大师》："（大师）寓止于嵩山少林寺，面壁而坐，终日默然，人莫测之，谓之壁观婆罗门。"

②醉道士：苏轼《杨康功有石状如醉道士为赋此诗》："楚山固多猿，青者黠而寿。化为狂道士，山谷恣腾蹂。误入华阳洞，窃饮茆君酒。"

③横琴：犹抚琴、弹琴。黄葛野人：头戴黄色葛巾的隐者。《南齐书·高逸传·吴苞》："（吴苞）冠黄葛巾，竹麈尾，蔬食二十余年。"

④肃客：迎接客人。桃花渔父：陶渊明所著《桃花源记》中入桃源的渔人。

⑤触辖回车：班固《汉书·游侠传》："（陈）遵耆酒，每大饮，宾客满堂，辄关门，取客车辖投井中。虽有急，终不得去。"又称"投辖留宾"。辖，车轴的键，去辖则车不能行。比喻主人留客的殷勤。

**【赏读】**

孙世声先生于紫藤下构造一居室，以寒山为幕，以苍藤为床，天然雅致，饮酒弹琴，来往无俗客。至藤屋下，馨香清凉，使人流连忘返。描写藤屋，连用比兴，间用骈笔，韵致风雅，山林隐居之趣尽注笔端。

# 入山题

登临须风日晴爽,杖履无恙,柳花燕子,贴地欲飞,画扇练裙①,避人欲进,此春游第一风光也。若罡风罨雾②,正堪闭门手谈耳③。

**【注释】**

①练裙:白绢下裳,亦指妇女所着白绢裙。此处代指游春女子。

②罡(gāng)风罨(yǎn)雾:强劲的风,蔽空的雾。

③手谈:下围棋。

**【赏读】**

眉公策杖蹑履,入山春游,正值风和日丽,春意盎然。柳絮飞舞,燕子翩翩,士女如织,风光满眼。"风日晴爽",正可游春;"罡风罨雾",则可闭门对弈。无不潇洒娴雅。本文抓住春天特有景致进行点染描写,语言简洁洗练,风格明快自然。

# 题云林画

倪处士自称懒瓒①,又自称倪迂,又称蜗牛庐道士,又称净名庵主,又称荆蛮民。此书乃荆溪所作。处士爱山水,数与陶九成共宿汉里②,往往经月忘返,故笔法幽淡,无一点纤尘,亦荆蛮一片云助其墨沈耳③。

【注释】

①倪处士:倪瓒,初名倪珽,字元镇,号云林子、荆蛮民、幻霞子等,无锡(今属江苏)人,元画家,擅画水墨山水,师法董源。清高孤傲,不事生产,有洁癖,自称"懒瓒",亦称"倪迂"。后漂泊于笠泽水乡,将漂泊之地称为"蜗牛居"。

②陶九成:陶宗仪,字九成,号南村,黄岩(今浙江台州市黄岩区)人。元末明初文学家、学者,工诗文书。著有《南村辍耕录》《书史会要》《说郛》。

③墨沈:墨汁。沈,汁。

**【赏读】**

　　本文为倪瓒画作题记，罗列倪瓒别号，表现其清高孤傲，不流于世俗的性情，因之性情，倪瓒之画"笔法幽淡，无一点纤尘"。文中仅撷取倪瓒宿汉里一事。寥寥数语，体现倪瓒个性及其画作独特风格。

# 题《洛神》

李龙眠以顾恺之写《洛神图》①,赵松雪以王献之书《洛神赋》②。图则兼带《离骚》位置③,赋则兼带褚柳笔法④。此又两公变化所出也。天壤之中,决无第二卷。

**【注释】**

①李龙眠:李公麟,字伯时,号龙眠居士,北宋杰出画家。顾恺之:字长康,东晋杰出画家、诗人,因在文学和绘画方面有很高的成就,时人称之为三绝:才绝、画绝、痴绝。其《洛神赋图》,被认为是第一幅改编自文学作品的画作。

②赵松雪:赵孟頫,字子昂,号松雪道人,元代著名书画家,开创书法"赵体","楷书四大家"之一。王献之:字子敬,东晋书法家,"书圣"王羲之幼子,与其父并称"二王",有"小圣"之称。

③《离骚》:屈原《楚辞》其中一篇,李公麟曾作《离骚九歌图》。

④褚柳:褚遂良和柳公权,二人均为唐代著名书法家。

## 【赏读】

李公麟摹写顾恺之《洛神赋图》,赵孟𫖯摹写王献之《洛神赋》,既能得前人神韵,又能变化出新。李公麟绘画简洁精练,富有变化,既有真实感,又有文人情趣,所作皆不着色,被称作"白描大师"。《洛神赋》是赵孟𫖯行书代表作,深得王献之《洛神赋》的神韵,高启云:"赵魏公行草写《洛神赋》,其法虽出入王氏父子间,然肆笔自得,则别有天趣,故其体势逸发,真如见矫若游龙之入于烟雾中也。"

# 题孙雪居写猫奴[1]

鼠翻盆,汝不捕。花上捉蝶花下坐。请问长安肉食人[2],罪过不罪过?

**【注释】**

①孙雪居:孙克弘,号雪居,华亭(今上海市松江区)人,明代书画家。猫奴:猫。

②肉食人:指诸侯、大夫等有地位的人。《左传·庄公十年》:"其乡人曰:'肉食者谋之,又何间焉?'刿曰:'肉食者鄙,未能远谋。'乃入见。"

**【赏读】**

孙雪居喜交友,陈继儒谓其"好客之癖,闻于江左,履綦如云,谈笑生风,坐上酒尊,老而不空"。本文写孙雪居所绘猫图,展现或憨态可掬,或活泼灵动的神态各异的猫的形象。语带双关,既指画中安逸慵懒的猫,又指养尊处优、不尽职守的贵族。语言简洁诙谐。

# 题兰花

古人以兰为香祖①,余欲结茆四面②,杂莳兰花③,题曰"香祖庵"。有柱联:"异人常在渔樵里,老鹤多眠兰蕙中。"

【注释】

①香祖:兰花的别称。宋人陶谷《清异录·草》:"兰虽吐一花,室中亦馥郁袭人,弥旬不歇,故江南人以兰为香祖。"

②茆:同"茅",茅草。

③莳:移植,栽种。

【赏读】

本是题兰花图,不写画中之兰,却写心中之兰花居。眉公想在草庐四周种满兰花,庐名为"香祖庵",连对联也想好了。观兰花图,发尘外之想,可知兰花图之疏淡清雅。

# 题杂画

鼓琴动操,众山皆响。此中无抱琴者,何以山水清音,潺潺吾耳①。应是画作伎俩②。

【注释】

①潺潺:溪水、泉水等流动的声音。
②伎俩:手段,技艺,本领。

【赏读】

"远看山有色,近听水无声。春去花还在,人来鸟不惊。"画即山水,山水即画,山水自有清音入耳,何需鼓琴?本文通过错觉描写,突出画作的高超技艺。

# 题施子野《夜雨曲》①

昔有令人作水赋②,以千字为限,止得七百。恚曰:"何不于水之前后左右生发?"此文家三昧也③。此词颇窥其旨,不须字字训诂,自然语语生动。子野曾于秋梧桐雨馆,令小童以单筝度之。文既凄然,声复哀怨,遂觉窗外潇潇,点点是泪。

【注释】

①施子野:施绍莘,字子野,号峰泖浪仙,明代词人、散曲家。

②令人:即"伶人",古时称演戏、作乐曲之人为伶人。

③三昧:原指止息杂念,后借指事物的要领、真谛。

【赏读】

施子野所作散曲通俗生动,凄然哀怨,名为《夜雨曲》。此曲一唱,便觉窗外似夜雨潇潇,似点点珠泪。寥寥数语,写出曲子凄凉哀婉的特点。

# 题王子贤笔

古人笔,或用鼠须,或鹅毛,或胎发,岭南至以髭髯作供,率皆好事,但得古法代山中兔材足矣。梁溪王子贤,造笔精妙,书家得之,似如意珠①,恨世未有尽知之者。壮士千金买骏买剑,不闻千金求国士,况笔乎!子贤笑曰:"今文士力能扛鼎②,我不惜如椽授之③,又何论值?若否否者④,即向梦中索取,不轻畀也⑤。"

## 【注释】

①如意珠:本指佛珠,传说乃佛舍利所变,佛家认为佛珠能满足人的希望和要求,故名如意珠。

②力能扛鼎:《史记·项羽本纪》:"籍(项羽)长八尺余,力能扛鼎,才气过人,虽吴中子弟皆已惮籍矣。"意指双手能举起像鼎一样沉重的东西,形容力气大,也用来比喻笔力雄健。

③如椽:《晋书·王珣传》:"珣梦人以大笔如椽与之。

既觉,语人曰:'此当有大手笔事。'俄而帝崩,哀册、谥议,皆珣所草。"此处代指王子贤制作的笔。橡,橡子,房梁。

④否否者:不是如此的人。

⑤畁(bì):给予。

**【赏读】**

制笔家王子贤,造笔精妙,书家得之,皆如意。但名气不够大,世人多有不知王子贤笔者。而王子贤对此却不以为然,说若遇真文士,将笔奉送,不计酬价。若非真文士,即使梦中索取,他也不送。王子贤的人格魅力不仅在于造笔精妙,更在于其潇洒达观的处世态度。文章赞其笔,更赞其性情为人。本文短小精致,语言简练生动,人物富有个性,风格亦庄亦谐,清新可喜。

## 题布袋和尚像①

老汉终日荷此布袋,攘攘何处②,却不如闲道人,拍掌空行,独来独往,如狮王相似也。

【注释】

①布袋和尚:名契此,号长汀子,五代时期高僧,袒胸露腹,随处寝卧,形如疯癫,与人为善,乐观包容。

②攘攘:形容纷乱拥挤的样子。

【赏读】

本文为布袋和尚像题词,似对话,平易简洁却新奇有趣。"闲道人"当是自指。以闲道人观布袋和尚,携一口袋,徒行于熙攘人世间,倒不如自己隐居山林,空手而行,无有负担,轻松自在。"独来独往,如狮王相似也",表现隐者自由自在、无拘无束的生活,语言风趣幽默,令人忍俊不禁。

# 梅屋记

予小庄在秦溪极北,屋卑地狭。水南别筑数椽,为读书所。四檐植梅,因匾"梅屋"。丁亥震凌①,屋仆梅压,移匾故庐。

客顾匾而问曰:"昔吟逋爱梅②,未尝一日去梅。尔爱梅无梅,屋匾'梅屋',犹饥人画饼③,奚益?请去匾。"

予曰:"向也,以梅为梅;今也,以心为梅。匾何问焉?匾可以理观,不可以物视。物视,片木二字而已,理观,四壁天地,万卷春风,庾岭香④,孤山玉⑤,岂襟袖外物哉⑥!断断以争其无,喋喋以炫其有⑦,皆非物理之平也。请别具只眼⑧。"

客曰:"唯⑨。"

【注释】

①震凌:指房屋破败,摇摇欲坠。

②吟逋爱梅:言林逋事。林逋,字君复,卒谥和靖先

生,北宋隐逸诗人,隐居杭州西湖,结庐孤山,终生不仕不娶。喜植梅养鹤,自谓"以梅为妻,以鹤为子",人称"梅妻鹤子"。长于诗,风格淡远,有《林和靖诗集》。

③饥人画饼:《后汉书·卢毓传》注引《魏志》:"选举莫取有名,如画地为饼,不可啖也!"比喻用空想安慰自己或欺骗别人。

④庾岭:即大庾岭,五岭之一,位于今江西大余和广东南雄二县市交界处,岭上多植梅树,又名"梅岭"。

⑤孤山:位于杭州西湖西北角,里湖与外湖之间,四面环水,故名"孤山",因多梅花,又名"梅屿"。

⑥襟袖:衣襟和衣袖,皆借指胸怀。

⑦龂龂(yín yín):争辩貌。

⑧别具只眼:具有独到的眼光和见解。

⑨唯:答应的声音。

【赏读】

眉公筑一书房,四周植梅,故匾曰"梅屋",后书房倒塌,遂将匾额移至故庐。有客见之,认为无梅却名梅屋,无异于画饼充饥。眉公因此发表"物视理观"的道理,认为只要心中有梅,则无不是庾岭、孤山,处处梅香,何必斤斤计较于物视的有无?全文以对话的形式写成,活泼自然,清新可爱。眉公爱梅,擅画墨梅,绘有梅图,笔下梅花,点染精妙。右下角款识曰:"道是桃花,不是;道是杏花,不是。曾记一侬,在罗浮初醉。眉公。"空远清逸,超然物外,与本文有异曲同工之妙。

## 游空舲滩

予泊舟空舲滩上,野服登岸眺望。由曲径窈窕入平林①,度石梁,又斗折而西②,行数百步,见峭壁攒峰如屏。中有石潭,水色幽绝,可见须眉。潭上有石笋骈立,势欲堕。有泉出石窦,若喷雪花,潺潺落潭中。

傍有磐石如席,石旁有古松三株,虬枝奇崛③,绿荫葳蕤④。予欣然会心,小憩石上,以观泉流。

俄有一翁曳杖来,癯然山泽之姿⑤,似有道者。予揖而与之坐,款语移时⑥,因问:"翁居闲独处亦观书乎?"翁曰:"壮年服膺九字经⑦,今耄矣。"又曰:"人生分定,机关计较,都不济事。"已而苍然暮色自四山而至,予遂与翁别。

## 【注释】

①窈窕:曲折深远的样子。

②斗折:像北斗星的排列一样曲折。柳宗元《小石潭

记》:"潭西南而望,斗折蛇行,明灭可见。"

③虬枝:盘曲的树枝。

④葳蕤(wēi ruí):草木茂盛、枝叶下垂的样子。

⑤癯(qú)然:清瘦貌。

⑥款语:亲切交谈。

⑦服膺:铭记在心,衷心信奉。九字经:《抱朴子内篇·登涉》:"入山宜知六甲秘祝,祝曰:'临兵斗者皆阵列前行。'凡九字,常当密祝之,无所不辟。要道不烦,此之谓也。"本指道家的护身密语,此处代指道家修行。

## 【赏读】

先写曲径通幽,峭壁石潭,清幽之景。次写磐石古松,石上观泉,清幽之心。最后写偶遇老翁,款语多时,俨然方外之境。空舲滩景,有清气;人坐景中,则有生气;翁入景中,则有仙气。翁之貌,有山泽之姿;翁之言,分明方外之语。

与老翁对话,闲适超脱。读至此,如入武陵桃源,如梦似幻。末二句"已而苍然暮色自四山而至,予遂与翁别",似梦初醒,不觉日暮。全文语言简洁生动,无多夸饰,信手拈来,数笔点染,便成佳境,可谓文中有画。

## 游桃花记

　　南城独当阳,城下多栽桃花。花得阳气及水色,大是秾华。居民以细榆软柳,编篱缉墙,花间菜畦,绾结相错如绣。

　　余以花朝后一日①,呼陈山人父子,暖酒提小榼②,同胡安甫、宋宾之、孟直夫渡河梁,踏至城以东,有桃花蓊然③。推户闯入,见一老翁,具鸡黍饷客。余辈冲筵前索酒,请移酒花下。老翁愕视,恭谨如命。余亦不通姓字,便从花板酒杯④,老饕一番。复攀桃枝,坐花丛中,以藏钩输赢为上下⑤,五六人从红雨中作活辘轳⑥。又如孤猿狂鸟,探叶窥果,惟愁枝脆耳。日暮乃散。是日也,老翁以花朝为生辰,余于酒后作歌赠之,谓老翁明日请坐卮脯为寿⑦。

　　十四日,余与希周、直夫、叔意,挈酒榼甫出关,路途得伯灵、子犹,拉同往。又遇袁长史披鹤氅入城中,长史得我辈看花消息,遂相与返至桃花溪。至则田先生方握锄理草根,见余辈,便更衣冠出肃客⑧。客方散踞石上,而安甫、宾之、箕仲父子俱挈酒榼佐之。董、徐、何三君从城上窥见,色为动,复跟跄下城,又以酒及鲜笋、蛤蜊佐之。是时,不速而会凡十八人,田先生之子归,骈为十九,榼十一,酒七八壶觞。酒屈兴信⑨,花醉客醒,方苦瓶罍相耻⑩,忽城头以长绠缒酒一樽送城下⑪,客则文卿、直卿兄弟是也。余辈大喜,赏为韵士。时人各为队,队各为戏。长史、伯灵角智局上。纷纷诸子,饱毒空拳⑫,主人发短耳长⑬,龙钟言笑。时酒沥尚余,乃从花篱外要路客,不问生熟妍丑,以一杯酒浇入口中,以一枝桃花簪入发角,人人得大欢喜吉祥而去。

日暮鸟倦,余亦言旋,皆以月影中抱持,而顾视纱巾缥袖,大都酒花、花瓣而已。

昔陶征君以避秦数语⑭,输写心事,借桃源为寓言,非有真桃源也。今桃花近在城齿,无一人为花作津梁,传之好事者。自余问津后,花下数日间,便尔成蹊。第赏花护花者,舍吾党后,能复几人?几人摧折如怒风甚雨,至使一片赤霞,阑珊狼籍⑮,则小人于桃花一公案⑯,可谓功罪半之矣。

# 【注释】

①花朝:即花朝节,亦称"百花生日"。晋代在农历二

月十五日,至宋被提前为二月十二日(或二月初二)。

②榼(kē):古代盛酒或水的器具。

③蓊(wěng):草木茂盛的样子。

④花板酒杯:即梨花杯,以形似花瓣而得名。

⑤藏钩:中国传统猜物游戏,相传汉昭帝母钩弋夫人少时手蜷,武帝展其手,得一钩,后人乃作藏钩之戏。游戏时,一组人将一小钩或其他小物件攥在其中一人的一只手中,由对方猜在哪个人的哪只手里,猜中者为胜。

⑥辘轳:民间利用轮轴原理制成的井上汲水装置,比喻转换不断。

⑦坐:置放,备办。卮(zhī)脯:指酒肉。

⑧肃客:迎接客人。肃,进。

⑨酒屈兴信:酒尽兴浓。屈,穷尽。贾谊《论积贮疏》:"生之有时而用之亡度,则物力必屈。"信,通"伸",舒展。

⑩瓶罍相耻:《诗经·小雅·蓼莪》:"瓶之罄矣,维罍之耻。"此指饮酒至尽,酒器皆空。

⑪绠(gěng):汲水的绳子。缒:用绳索拴住人或物从上往下放。

⑫饱毒空拳:此指猜钩不中。毒,抱怨。

⑬发短耳长:长寿之相。王昌龄《就道士问周易参同契》:"仙人骑白鹿,发短耳何长。时余采菖蒲,忽见嵩之阳。"

⑭"昔陶征君"句:陶渊明《桃花源记》:"自云先世避秦时乱,率妻子邑人来此绝境,不复出焉。"

⑮阑珊：零落，衰残。狼籍：又作"狼藉"，凌乱。

⑯小人：作者陈继儒谦称。

# 【赏读】

题为"游桃花记"，却不专意写桃花，而是写桃花林下的两次聚饮。第一次聚饮，本为赏花，初遇老翁，便如故人，移酒花下，攀枝藏钩，探叶窥果，日暮乃散。第二次以为老翁祝寿为名聚饮。一行四五人，刚一出关，路遇三友，于是相携同往。其中袁长史本为入城，为同赏花返至城外桃花溪。一众散踞石上。又有三人从城上窥见，跟跄下城，加入其中，又加老翁及其儿子，不速而会者竟至十八人。酒尽而兴未尽，忽又有二友携酒至，以至邀路人饮酒簪花，同醉而归。自访桃花后，下自成蹊，赏花护花者当接踵而来，功也；摧折花木者亦随之而至，罪也。造访之后，于桃花功罪各半，喜耶？忧耶？文中虽未专写桃花，却处处点染，花间菜畦，相错如绣，花丛畅饮，探叶窥果，日暮归去，花落满衣。

所谓"游"并非仅限于写景状物，景中之人，人之情感才是"游"之重点。花下畅饮，陶然忘归，才是游览之至。王勃《滕王阁序》："四美具，二难并"，四美者，良辰、美景、赏心、乐事；二难者，贤主、嘉宾。本文桃花溪之游亦是如此。

## 梅花楼记

王元美尝谓余①,市居之迹于喧也,山居之迹于寂也,惟园居在季孟间耳②。然王氏之弇山枕城中③,朝暾映门④,游屐麕集⑤,即主人亦往往支门谢客,欲放而之于旷闲无人之乡,而不可得。余然后知园之与众也,宁独;与其谋于市也,宁谋于野。

吾友范象先⑥,有园在横涝野塘之南,去城十里而近,喧寂半之。四面榆柳阴翳,小池上梅花两树,婆娑相对,苍枝老骨,纵横屈曲,排檐而上,其干可抱,其叶可阴一亩余,其子可得五石。范子谓"吾见梅多矣,未有如此君之老而奇者"。乃结高楼以临之,独与一二老衲,摊虎皮,蒸猊鼎,倚楼而歌之,曰:"雪满山中高士卧,月明林下美人来。"已复笑曰:"如李迪诗⑦,不过得花之幽韵闲淡而已,吾家老梅,政如碧眼胡僧,修眉露额,又若毒龙怒虬,纷拏媾斗于广漠之野⑧,攫爪迸鳞,鬼怪万状,度他梅讵足与此君争胜?庶几钟贾山之嘉树、四贤祠之紫藤⑨,差鼎足耳。"

范子楼既成，于是广莳霞桃、芙蓉、来禽之属，以映带之。池加辟，竹加徙，梅之为观日闲以敞。

而陈子适来，陈子曰："吾尝闻往年探梅者，过寿安寺中，寺僧为游客所困，至斫而为薪。而其次惟光福玄墓之傍⑩，薄雪轻云，漠漠数里，一快生平。然村人率以种梅为业，不复有品题护持，与梅花两相韵者。古今梅花之知己，仅得林逋君复，迄三百年而有范子。范子于此中块焉野处，白板赤栏，朱帘碧幄，依微独立于暗香疏影之外⑪，何异处士孤山？所少者，童子开笼放鹤耳。他日抱鹤上扁舟，送之花下，烟沙星渚，短笛悠悠，有巍然破轻浪而出者，则陈先生至也，子其报梅花吐一枝以候我。"

## 【注释】

①王元美：王世贞，字元美，明代文学家、史学家。

②季孟间：春秋时期鲁国三大贵族中，势力最大的是季氏，势力最弱的是孟氏。处于二者之间，比上不足，比下有余。《论语·微子》："若季氏，则吾不能；以季孟之间待之。"此处指市居与山居之间。

③弇（yǎn）山：园名，王世贞于太仓州隆福寺西修建此园，中叠上弇、中弇、下弇三峰，故自号"弇州山人"。

④朝暾：初升的太阳。

⑤麇(qún)集:聚集,群集。
⑥范象先:陈继儒之友,范仲淹后人。
⑦李迪:字复古,北宋宰相。
⑧纷拏:混战,互相扭扯。广漠之野:辽阔的原野。
⑨钟贾山:位于今上海市松江区内,天马山东北,因唐代有钟姓和贾姓居于此,故名。四贤祠:位于今杭州西湖之孤山,因祀白居易、李泌、林逋、苏轼而得名。
⑩玄墓:山名,位于今江苏苏州西南,为赏梅胜地。
⑪依微:隐约。

## 【赏读】

陈眉公盛赞范象先为梅之知己。寿安寺梅林被斫为薪,光福玄墓梅树虽连绵数里,但无品题护持。古今梅之知己,古有林逋,今有范象先。范象先护梅、赏梅、品梅、歌梅,范象先之梅何其幸也。末几句"他日抱鹤上扁舟,送之花下,烟沙星渚,短笛悠悠,有巍然破轻浪而出者,则陈先生至也,子其报梅花吐一枝以候我",抱鹤吹笛,破浪而出,如神似仙者,即陈眉公也。眉公造访时,希望范象先令梅绽放一枝以待客。文字风雅幽默,妙趣横生,为梅花楼增色添彩。

# 许秘书园记<sup>①</sup>

士大夫志在五岳，非绊于婚嫁，则窘于胜具胜情<sup>②</sup>，于是葺园城市，以代卧游。然通人排闼，酒人骂坐，喧笑呶詈，莫可谁何。门不得坚扃，主人翁不得高枕卧。欲舍而避之寂寞之滨，莫若乡居为甚适。

吾友秘书许君玄祐，所居为唐人陆龟蒙甪里<sup>③</sup>。其地多农舍渔村，而饶于水，水又最胜。太公尝选地百亩，菟裘其前<sup>④</sup>，而后则樊潴水种鱼<sup>⑤</sup>。玄祐请甃石围之<sup>⑥</sup>，公笑曰："土狭则水宽，相去几何？"久之，手植柳皆婀娜纵横，竹箭秀擢，菱牙蒲戟，与清霜白露相采采，大有秋思。

玄祐乃始筑"梅花墅"。窦墅而西，辇石为岛，峰峦岩岫，攒立水中。过"杞菊斋"，盘磴上跻"映阁"——君家许玉斧迈<sup>⑦</sup>，小字映也。磴腋分道，水唇露数石骨<sup>⑧</sup>，如沉如浮，如断如续，蹑足寒渡，深不及踝，浅可骞裳，而"浣香洞"门见焉。嵚崖岞崿，窈暗疏明，水风射人，有霜鼋虬龙潜伏之气。时飘花板,冉冉从石隙流出,衣裾皆天香矣。

洞穷,宛转得石梁,梁跨小池,又穿"小酉洞"。洞枕"招爽亭",憩坐久之。径渐夷,湖光渐劈,苔石累累,啮波吞浪,曰"锦淙滩"。指顾隔水外,修廊曲折,宛然紫霓素虹,渴而下饮。逶迤北行,有亭三角,曰"在涧",所谓"秋敛半帘月,春余一面花"是也。由在涧缘阶而登,浓荫密筱,葱蒨模糊中,巧嵌"转翠亭"。下亭,投映阁下,东达双扉,向隔水望见修廊曲折,方自此始。余榜曰:"流影廊。"窈窕朱栏,步步多异趣。"碧落亭"踞廊面西,西山烟树,扑堕檐瓦、几上。子瞻与元章欲结杨⑨、许碧落之游,杨为杨羲⑩,许为许迈,亭义取此。

碧落亭南曲数十武,雪一龛以祀维摩居士⑪。由维摩庵又四五十武,有"渡月梁",梁有亭,亭可候月,空明潋滟,縠纹轮漪,若数百斛碎珠流走冰壶水晶盘,飞跃不定。渡梁,入"得闲堂",闳爽弘敞。槛外石台,广可一亩余,虚白不受纤尘,清凉不受暑气。每有四方名胜客来聚此堂,歌舞递进,觞咏间作,酒香墨彩,淋漓跌宕于红绡锦瑟之旁⑫。鼓五挝,鸡三号,主不听客出,客亦不忍拂袖归也。堂之西北,结"竟观居"。前槛奉天竺古先生⑬。循观临水"浮红渡"。渡北楼阁,以藏秘书。更入为鹤篆蝶寝⑭,游客不得迹矣。

得闲堂之东流,小亭踞其侧,曰"涤砚亭"。亭透迤而东则"湛华阁",摩干群木之表,下瞰莲沼。沼匝长堤,而垂杨、修竹、荄蒲、菱芡、芙蓉之属,至此益纷披辐辏。堤之东南阴森处,小缚围蕉,鸥鹭凫鹥若作寓公于此中[15],旅坐不肯去。此中桃霞莲露,缋绣绮错,而一片澄泓萧瑟之景,独此写出江南秋,故曰"滴秋庵"者。

王太史游香山[16],欲与二三子作妄想:若斩荻芦陂隙,尽田荷花,使十五小儿,锦衣画舸,唱采莲词,出没于青萍碧浪之间,可以终老。今玄祐不妄想而坐得之,又且登阁四眺,远望吴门,水如练,山如黛,风帆如飞鸟,市声簇簇如蜂屯蚁聚,而主人安然不出里门,部署山水。朝丝暮竹,有侍儿歌吹声;左弦右诵,有诸子读书声。饮一杯,拈一诗,舞一桲,沿洄而巡之,上留云借月之章,批给月支花之券[17]。袍笏以拜石丈[18],弦索以谢花神。此有子之白乐天[19],无贬谪之李赞皇[20],而不写生绡、不立粉本之郭恕先、赵伯驹之图画也[21]。

秘书未老,园日涉,石日黝,鱼鸟日聚,花木日烂熳,篇章词翰日异而岁不同。余且仿甫里先生,藤轿豹席,笔床茶灶[22],叩君之园而访焉,相与唱和如皮陆故事,玄祐能采杞菊以饱我否[23]?

【注释】

①许秘书:许自昌,字玄祐,号樗斋,别署梅花墅主人,吴县(今江苏苏州)人。曾选授文华殿中书舍人,后归故里,筑梅花墅。工诗文,擅作传奇。其戏曲创作及家乐戏班,时闻名江南。所著传奇今知有九种,现存《水浒记》《橘浦记》《灵犀佩》《节侠记》《种玉记》五种,其中后两种系他人作品的改定本。许秘书园即许自昌之梅花墅。

②胜具胜情:《世说新语·栖逸》:"许掾好游山水,而体便登涉。时人云:'许非徒有胜情,实有济胜之具。'"指游览时的兴致和健康的体魄。

③陆龟蒙:字鲁望,自号江湖散人、甫里先生,又号天随子,唐代文学家。曾任湖苏二州从事,后隐居甫里,著有《甫里集》《笠泽丛书》。

④菟裘:春秋时期鲁国邑名。《左传·隐公十一年》:"使营菟裘,吾将老焉。"后因以称告老退隐的居处。

⑤樊:篱笆,此指拦截。潴(zhū):水积聚。

⑥甃(zhòu)石围之:以石头垒砌堤岸。甃,砌。围,拘束、包围。

⑦许迈:字叔云,一名映,东晋人,遍游名山,因改名玄,字远游。永和初入临安西山,后不知所终,人以为羽化。玉斧:仙人名,传说即许翙,乃许迈之孙,字道翔,小名玉斧。后以玉斧代指仙人。

⑧石骨：坚硬的岩石。

⑨子瞻：即苏轼，字子瞻。元章：即米芾，字元章。

⑩杨羲：东晋时吴郡人，后徙居句容。工书画，传说自幼有通灵之鉴，与许迈相交甚密。

⑪维摩居士：维摩诘，佛教中与释迦牟尼同时代的修大乘佛教的居士。

⑫红绡：歌舞伎名。

⑬天竺古先生：指佛像，《老子化胡经》记载，老子入夷狄化为浮屠，自号"古先生"。

⑭鹤籞：鹤苑。籞，古代帝王的禁苑，周围有城垣、篱落，禁人往来。

⑮寓公：失去领地而寄居他国的贵族。《礼记·郊特牲》："诸侯不臣寓公。"

⑯王太史：王衡，字辰玉，曾任翰林院编修，编修系史官。香山：即今北京西郊香山，王衡著有《香山记》。

⑰"上留云"二句：出自宋代朱敦儒词《鹧鸪天·西都作》："我是清都山水郎，天教分付与疏狂。曾批给雨支风券，累上留云借月章。"

⑱袍笏以拜石丈：叶梦得《石林燕语》卷十载："米芾诙谲好奇。……见立石颇奇，喜曰：'此足以当吾拜。'遂命左右取袍笏拜之，每呼曰'石丈'。"

⑲有子之白乐天：言白居易无子，而许自昌则有子。

⑳李赞皇：李德裕，字文饶，赵郡人，李党领袖。唐武

宗时宰相，进封赞皇县伯。宣宗立，为忌者所构，贬崖州而死。著有《次柳氏旧闻》《会昌一品集》。

㉑郭恕先：名忠恕，五代、北宋初年画家。尤精界画，所画屋室重复之状，极其精妙。赵伯驹：字千里，南宋画家，工金碧山水、花果、禽鸟、人物。

㉒甫里先生：即陆龟蒙。藤轿豹席：《唐才子传》卷三记载，张志和"尝豹席棕屏，沿溪垂钓"。笔床茶灶：《唐才子传》卷八记载，陆龟蒙"每寒暑得中体无事，时放扁舟，挂芦席，赉束书、茶灶、笔床、钓具，鼓棹鸣榔，……直入空明"。

㉓"相与唱和"句：《唐才子传》卷八记载："（皮日休）与陆龟蒙交拟金兰，日相赠和"，"夫次韵唱酬，其法不古。……逮日休、龟蒙，则飙流顿盛，犹空谷有声，随响即答"。皮，指皮日休。陆，指陆龟蒙。杞菊：陆龟蒙《杞菊赋》序："天随子宅荒，少墙屋，多隙地，著图书所前后皆树杞菊。"

**【赏读】**

许玄祐之梅花墅，处于农舍渔村之间，山水俱胜，又加主人修缮，更加清幽多意趣。亭台楼阁，曲径通幽，主人坐得佳境，可登阁远眺，可填词唱曲，朝丝暮竹，诸子绕膝，左弦右诵，真神仙生活。本文以较长篇幅写景，却不觉冗沓。移步换景，点染烘托，景景新奇，步步意趣，令人神往。

# 饱菜轩记

吴长卿官滦州刺史,仅六月,当辽左军兴,悉索敝赋莫能支,以强直节省得罪去,移倅楚德安郡①。郡圃萧然,构新斋三五楹,读书其中。余地种菜,鲜鱼甘膴②,一似野叟田庚之挈挈灌畦者③。

陈子闻而高之曰:"吴子贫矣,惫矣。"长卿曰:"人生衣食裁足已厚幸,又薄有官俸,以供俯仰,不谓贫;新斋适成,客赠花赠鹤,赠数种书,门生问字,剪霜茎烟甲共享之④,不谓惫。昔韩晋公一吏,冥司敕主人间食料,三品以上日支,五品以上而有权位旬支,六品至九品季支⑤。料几何⑥,此鬼神所不甚吝,飞而食肉者所不暇争也⑦。舜粮草,孔饭蔬,闵含菽,范断齑,周颙之早韭晚菘,蔡撙之紫茄白苋,即圣贤豪杰皆然,况吾侪何人,而敢望五侯鲭、郎官鲙乎⑧?"

吾尝笑何曾不食大官,所设滋味过于王者⑨,李赞皇丹砂宝玉杂投齑羹⑩,此复何乐?亦复何味?遂至罨入五欲瓮中⑪,几老死不得出,二公有知,悔不作饱菜轩主人耳。

　　长卿才甚奇,书甚博,胸中甲兵甚富,而能性安藿食,若将终身,颇得迁吏吏隐之乐⑫。玄德谓张桓侯云:"吾岂种菜者耶?"⑬长卿笑而不答。

## 【注释】

　　①倅(cuì):副职。德安郡:治所在今湖北安陆。
　　②膴(hū):肉干或鱼肉。
　　③挈挈:急切忙碌貌。
　　④霜茎烟甲:指蔬菜。甲,象草木戴种而出之形,指新生植物。
　　⑤"昔韩晋公"数句:《太平广记》卷一百五十一记载,韩滉手下一吏,为逃避责罚,自称在冥间负责管理阳间三品以上官员的饮食:三品以上官员,其饮食每天安排一次;五品以上有权位的官员,每旬安排一次;六品至九品官员,每季安排一次;不领俸禄的老百姓,则是每年安排一次。韩滉,字太冲,长安(今陕西西安)人,唐德宗时宰相,封晋国公。工书画,绘有《五牛图》。
　　⑥几何:少许,此指园中蔬菜。
　　⑦飞而食肉者:语出《后汉书·班超传》:"超问其状,相者指曰:'生燕颔虎颈,飞而食肉,此万里侯相也。'"此指达官贵人。
　　⑧舜糗草:《孟子·尽心下》:"舜之饭糗茹草也。"糗,

干粮。草,菜。孔饭蔬:《论语·述而》:"饭疏食,饮水,曲肱而枕之,乐亦在其中矣。"闵含菽:《后汉书》卷五十三:"太原闵仲叔者,世称节士,虽周党之洁清,自以弗及也。党见其含菽饮水,遗以生蒜,受而不食。"范断齑:宋代魏泰《东轩笔录》记载范仲淹:"惟煮粟米二升,作粥一器,经宿遂凝,以刀画为四块,早晚取二块,断齑十数茎,酢汁半盂,入少盐,暖而啖之。"断齑借指清贫的生活。齑,捣碎的姜、蒜、韭菜等。周颙:《南史·周颙传》:"文惠太子问颙菜食何味最胜,颙曰:'春初早韭,秋末晚菘。'"菘,通常称白菜。蔡撙:《南史·蔡撙传》:"及在吴兴,不饮郡井,斋前自种白苋紫茄,以为常饵。诏褒其清。"五侯鲭:佳肴名,为西汉娄护所创。《西京杂记》卷二:"五侯不相能,宾客不得来往。娄护丰辩,传食五侯间。各得其欢心,竞致奇膳。护乃合以为鲭,世称五侯鲭,以为奇味焉。"五侯,汉成帝封母舅王谭、王根、王立、王商、王逢五人为侯。鲭,鱼和肉的杂烩。郎官鲙(kuài):西晋时,张翰任齐大司马东曹掾,秋风起,思念家乡菰菜、莼羹、鲈鱼鲙,遂辞官归吴。郎官鲙即因张翰得名。

⑨"吾尝笑"二句:《晋书·何曾传》:"性奢豪,务在华侈,帷帐、车服,穷极绮丽,厨膳滋味,过于王者。每燕见,不食太官所设。"

⑩"李赞皇"句:李德裕,字文饶,赵郡(治今河北赵县)人,李党领袖。唐武宗时宰相,进封赞皇县伯。《独异

志》记载,唐武宗时,宰相李德裕以珠宝粉、雄黄、朱砂煎汁等为羹,每食一杯约耗钱三万,过三煎则弃其渣。

⑪罨(yǎn):本指捕鱼鸟的网,此处用作动词,落入。五欲瓮:对耳、目、鼻、口、心所生欲望的形象说法。

⑫迁吏:被贬谪的官吏。吏隐:谓虽居官而实隐。

⑬"玄德"二句:见《三国志·蜀书·先主传》注引胡冲《吴历》。玄德,即刘备,字玄德。张桓侯,即张飞,字益德,封西乡侯,谥桓侯。

## 【赏读】

虽名为《饱菜轩记》,实是写吴长卿其人。长卿贬官居德安郡,构筑新室,读书斋中,种菜园圃,斋即饱菜轩也。观长卿言行,"性安藿食,若将终身,颇得迁吏吏隐之乐"。然博学有奇才,胸有谋略,正如刘玄德以种菜为韬晦之计,将待时而复出。以长卿之语表现其恬淡自适的性情,以眉公之议论暗示其宏远阔大的志向和胸襟。末数句似戏谑之语,风趣而不失恭敬,同时也是眉公对长卿前途的祝愿,希望他有朝一日能够东山再起,一展雄才。

## 宝梦堂记

吾友程尚甫，清襟素抱，去乡卜筑殆同客卿①。每念"乌戍"者，沈休文读书处也②。乃从西溪建一草堂，缭以短垣，荫以高梧修竹，纸窗，绳榻，琴尊剑麈③，三教之书具在焉。嗒然卧④，蘧然觉⑤，寝不数梦，梦辄灵。即千里以外，数十年以后，其吉凶皆悬合。甚则读人间未见之书，拈意表未探之句，忘者半，省者半，或旋脱于口，而随属于笔，其诗篇不胜记。然至今了了也⑥。尚甫曰：请以"宝梦"颜其堂，可乎？

陈子曰：清明在躬，志气如神，尚甫之谓也。顾以梦验子则可，以子执梦则不可。岂惟子梦，自古治乱之相寻，贤愚之同尽，誉诽菀枯之更相羡⑦，更相笑，亦梦也。独就梦之中，有短长，有清浊，然而亦梦也。夫梦则又奚择也？周太卜之官⑧，以三法掌梦⑨，黄帝以十二盛、十五不足之法医梦⑩，浮屠氏以四法判梦⑪，列御寇以八征六候占梦⑫，彼以为尽梦之变矣。而假令执愚人、至人而告之，则未有不掩口而却走者。何也？

彼皆无梦者也。又使遇西极古莽之国⑬,其民不辨寒暑昼夜衣食,多眠好睡,五旬一觉,以梦之所为者真,觉之所见者妄,则又将谁征而谁验之?而至此梦觉真妄皆穷矣。故得相者不必皆梦说,得将者不必皆梦望,得子者不必皆梦熊。仲尼,周公始而梦,既而衰,非真衰也,正仲尼华胥之境界也⑭。而尚甫能进于是乎?适与尚甫谈,而忽有奇客突来山中,余诧谓尚甫曰:"命子矣。"客为谁?乃武林徐无梦也。

## 【注释】

①卜筑:择地建房。

②沈休文:沈约,字休文,吴兴武康(今浙江德清)人。南朝梁文学家,出身士族,历仕宋、齐、梁三代,为齐梁文坛领袖。

③麈(zhǔ):拂尘。

④嗒(tà)然:形容身心俱遣、物我两忘的神态。

⑤蘧(qú)然:惊喜、惊觉貌。

⑥了了:指心里明白,清清楚楚。

⑦菀(yù):草木茂盛的样子。

⑧太卜:古代官职名,掌阴阳卜筮之法。

⑨三法掌梦:《周礼·春官·占梦》:"占梦掌其岁时:观天地之会,辨阴阳之气,以日月星辰,占六梦之吉凶。"

⑩"黄帝"二句:见《占梦经》,托名黄帝所著。

⑪浮屠氏以四法判梦：佛经《大乘本生心地观经》："于法宝中有其四种：一者教法，二者理法，三者行法，四者果法。"

⑫八征六候：《列子·周穆王》："觉有八征，梦有六候。"

⑬西极古莽之国：《列子·周穆王》："西极之南隅有国焉，不知境界之所接，名古莽之国。阴阳之气所不交，故寒暑亡辨；日月之光所不照，故昼夜亡辨。其民不食不衣而多眠。五旬一觉，以梦中所为者实，觉之所见者妄。"

⑭"仲尼"数句：《论语·述而》："甚矣吾衰也！久矣吾不复梦见周公。"

## 【赏读】

程尚甫建一草堂，嗒然而卧，"寝不数梦，梦辄灵"，甚至梦中读书，觉而诵之，因此堂名为"宝梦"。眉公却发表议论，认为梦即是觉，觉即是梦，真即是妄，妄即是真，"梦觉真妄皆穷矣"，故不必执着于梦。孔子久不梦周公，并非真衰，而是达到"至人无梦"的境界。希望尚甫亦能修炼到这种地步，而不要执着于梦的灵验与否。结尾富有戏剧性，照应主题，风趣幽默。

# 德星堂记

养心程公,汉川之隐君子也①。乙卯六十有一,其从子稚束锦内璧②,寿公于德星之堂。公引觞加酌,眉舞髯举,而颜甚酡③,旁睨者谓得无岁星游人间乎。

陈子曰:公,德星也,往者九峰先生得七丈夫子,公居季,以孝弟谐昆弟间,四世同居,食指累五百④,不闻有谯让斗阋声⑤。庄事伯兄,无衡命⑥,无违言,寒暑易险,惟力是视⑦。稍涉膏润,辄远避惟恐垢。盖廪廪万石之风⑧,百忍之训,即近世故家甲族,殆不敢望公焉。公年盛气壮,其精神能鼓舞万人,不胫而走千里,不瞬而营四海,而公故退然其若下也。与之处,和气可沁人;与之谈,肺腑可揭诸日月;与之告缓急,可仓卒践诺,釜不待洗,骖不待脱也。遇宗长、乡三老,恂恂左让,甚则岁饩不绝⑨。遇少年子弟,辑颜好语相劝勉,惟恐其伤之也。委巷鄙语,或非意相呵者,掩耳如不闻,即闻,返而杜门,不与之较也。歌妓舞优,不入于堂也。格六博五⑩,不延于室也。鲜衣怒驵⑪，竹肉嘈嘈，相与为游冶佻荡者，惟惧其形影之及也。结豪客，扞文罔⑫，其气盱盱扬扬者，非独性不乐，且不近也。

县大夫施公临乡，社长举公以闻，则大奖赏，曰"一乡善人"。延宾饮，却不御。至六十，始应张令君之请。识者皆谓公不愧乡祭酒云。夫宴行不阶珪组而贵⑬，成名不藉甲乙而显⑭，木实自根，台累自基，故名家所不足者，非财也，难在德耳。有如养心，公抚养孤侄，不啻家儿，而稚呕心报公，亦不啻慈父。其他百里诵义，千里诵声者，迄六十如一日，公真隐德之君子哉。昔陈太丘请荀朗陵，荀使叔慈应门，慈明行酒，余六龙下食。太史奏真人东行，五百里内德星聚⑮。公之堂，得无类是乎。今二子，则叔慈、叔明也。其六孙，皆龙也。公，德星也。余异日将车持杖访于汉水之滨，度公子孙皆成名，公亦庞眉皓然，称百岁老翁矣。公肯敕应门下食，以俟眉道人东行否？

故董太史题曰"德星堂"，而余为之记。

## 【注释】

①汉川：即汉水，在今安徽休宁县南。隐君子：隐居的贤士。

②从子：侄子。束锦内璧：即束帛加璧，锦帛五匹为一

束,束帛上又加玉璧,古代表示贵重的礼物。

③酡(tuó):饮酒后脸色变红。

④食指:指家中人口。

⑤谯(qiáo)让:谴责。斗阋(xì):争斗。

⑥衡命:违逆命令。《孔子家语·弟子行》:"有道顺命,无道衡命。"

⑦惟力是视:根据实际量力而行。

⑧廪廪万石之风:汉代三公年俸禄万石,此处指有三公之风。廪廪,犹庶几,渐近。

⑨饩(xì):赠送食物。

⑩格六博五:泛指游戏赌博。

⑪驺:古代贵族骑马的侍从。

⑫扞文罔:触犯法网。

⑬不阶珪组:不凭借权势。阶,凭借。珪组,珪玉组绶,古代贵族所用之物。

⑭甲乙:指科举。唐代科举,根据试题难易,将进士科分甲乙二科。后世泛指进士为甲科,举人为乙科。

⑮"昔陈太丘"数句:陈太丘,陈寔,字仲弓,曾为太丘长,东汉人。荀朗陵,荀淑,博学高义,曾为朗陵侯相,有子八人均名士,时称八龙。《世说新语·德行》:"陈太丘诣荀朗陵,贫俭无仆役。……既至,荀使叔慈应门,慈明行酒,余六龙下食,文若亦小,坐著膝前。于时太史奏:'真人东行。'"叔慈、慈明为荀朗陵二子。

**【赏读】**

晋太兴初，程元谭代理新安郡太守，百姓爱戴，请求程元谭留郡，遂居于此，子孙由此兴盛。唐时，御史中丞程沄定居汉口，遂为休宁大家族。文中程公即是这一家族后人。本文名为《德星堂记》，实是应汉水程稚之邀，为其从父程公撰写的寿文。

文章围绕程公之"德"展开，写程公孝亲、事兄、爱弟、抚侄，不争不违，惟力是视，急人之难，揖让乡里，洁身自好，远离歌优、赌博，不结豪贵。治家有序，声名远播。"木实自根，台累自基"，其根基在于"德"，程公可谓之"德星"。文章铺叙程公言行，语言平实自然，如叙家常，而又恭敬恰切，结尾亦不乏幽默风趣。

# 卷四 清言

几条杨柳,沾来多少啼痕;
三叠阳关,唱彻古今离恨。

## 一服清凉散[①]

淡泊之守,须从秾艳场中试来;镇定之操,还向纷纭境上勘过。

俭,美德也,过则为悭吝,为鄙啬,反伤雅道;让,懿行也,过则为足恭[②],为曲谨,多出机心。

天薄我福,吾厚吾德以迓之;天劳我形,吾逸吾心以补之;天厄我遇,吾亨吾道以通之。

贪得者身富而心贫,知足者身贫而心富。居高者形逸而神劳,处下者形劳而神逸。

局量宽大,即住三家村里[③],光景不拘;智识卑微,纵居五都市中[④],神情亦促。

天欲祸人,必先以微福骄之,要看他会受;天欲福人,必先以微祸儆之,要看他会救。

多躁者,必无沉潜之识;多畏者,必无卓越之见;多欲者,必无慷慨之节;多言者,必无笃实之心;多勇者,必无文学之雅。

人生有书可读,有暇得读,有资能读,又涵养之如不识字人，是谓善读书者。享世间清福，未有过于此也。

无事便思有闲杂念头否，有事便思有粗浮意气否。得意便思有骄矜辞色否，失意便思有怨望情怀否。时时检点得到，从多入少，从有入无，才是学问的真消息。

## 【注释】

①一服清凉散：选自《小窗幽记》卷一《醒》，题目是编者所拟。

②足恭：过分谦恭。《论语·公冶长》："巧言，令色，足恭，左丘明耻之，丘亦耻之。"

③三家村：指人烟稀少、偏僻的小村落。

④五都市：指繁华的都市。

## 【赏读】

《小窗幽记》，全书分为醒、情、峭、灵、素、景、韵、奇、绮、豪、法、倩，共十二卷，一千五百余则，内容涉及修身、养性、立德、立言、为学、为官、立业、治家等多个方面，主要表达淡泊名利、宁静致远、超凡脱俗的内心世界和精神追求。文字清雅，格调超拔，论事析理，独中肯綮，是明代清言的代表作之一。

以上数则选自《小窗幽记》卷一《醒》，眉公序云："食山中之酒，一醉千日。今之昏昏逐逐，无一日不醉，趋名者醉于朝，趋利者醉于野，豪者醉于声色车马，而天下竟为昏迷不醒之天下矣，安得一服清凉散，人人解醒。"置身于浓艳场中而不动心，才是真正的淡泊；面对纷纭世事而从容自若，才是真正的镇定。远离世俗，不问世事，不一定是真淡泊、真镇定。物无美恶，过则为灾。万事万物皆需讲究度，过犹不及。厚德之人必有厚福，心逸则形不劳，道亨则际遇通达。知足不贪则内心自富，贪婪多欲则内心贫乏。局量宽大，天地自广。《道德经》云："祸兮，福之所倚；福兮，祸之所伏。"又曰："将欲废之，必固举之；将欲夺之，必固与之，是谓微明。"豁达之人居福不骄，处祸不忧。祸福在于一己之所为，一己之所思。人需要不断自我修炼，去躁气，去畏懦，去多欲，去多言，去鲁莽，则方才可能具备沉潜之识、卓越之见、慷慨之节、笃实之心、文学之雅。善读书者，不炫耀读书；有真学问者，不炫耀学问。《道德经》曰："为学日益，为道日损，损之又损，以至于无为，无为而无不为。"从多入少，从有入无。真正的学问，不是简单的知识，而是修养德行。《论语·学而》："曾子曰：'吾日三省吾身：为人谋而不忠乎？与朋友交而不信乎？传不习乎？'"时时反省，是修身的必要方法。

# 此身为情有[1]

几条杨柳[2],沾来多少啼痕;三叠阳关[3],唱彻古今离恨。

肝胆谁怜,形影自为管鲍[4];唇齿相济[5],天涯孰是穷交。兴言及此,辄欲再广绝交之论[6],重作署门之句[7]。

燕市之醉泣[8],楚帐之悲歌[9],歧路之涕零[10],穷途之恸哭[11],每一退念及此,虽在千载之后,亦感慨而兴嗟。

【注释】

①此身为情有:选自《小窗幽记》卷二《情》,题目是编者所拟。

②杨柳:古人有折杨柳送别的习俗,杨柳往往暗喻离别。白居易《忆江柳》:"曾栽杨柳江南岸,一别江南两度春。遥忆青青江岸上,不知攀折是何人?"杨巨源《和练秀才杨柳》:"水边杨柳曲尘丝,立马烦君折一枝。惟有春风最

相惜,殷勤更向手中吹。"柳永《雨霖铃·寒蝉凄切》:"今宵酒醒何处,杨柳岸,晓风残月。"

③三叠阳关:古曲名,又名《渭城曲》,源自王维诗歌《送元二使安西》,"三叠"咏唱,成为送别名曲。

④管鲍:指春秋时期齐国管仲和鲍叔牙,交情笃厚,后世用作称美知交的典故。《史记·管晏列传》:"管仲曰:'吾始困时,尝与鲍叔贾,分财利多自与,鲍叔不以我为贪,知我贫也。'"后鲍叔牙向齐桓公推荐管仲,管仲辅佐齐桓公成为春秋霸主。

⑤唇齿相济:比喻双方关系密切,互相依存。西汉刘歆《新议》:"交之于人也,犹唇齿之相济。"

⑥绝交之论:指与友人断绝往来的文章。古人绝交之论有东汉朱穆《绝交论》,晋代嵇康《与山巨源绝交书》,南朝梁刘峻《广绝交论》等。

⑦署门之句:《史记·汲郑列传》:"始翟公为廷尉,宾客阗门。及废,门外可设雀罗。翟公复为廷尉,宾客欲往,翟公乃大署其门曰:'一死一生,乃知交情。一贫一富,乃知交态。一贵一贱,交情乃见。'"

⑧燕市之醉泣:《史记·刺客列传》:"(荆轲)日与狗屠及高渐离饮于燕市,酒酣以往,高渐离击筑,荆轲和而歌于市中,相乐也,已而相泣,旁若无人者。"

⑨楚帐之悲歌:《史记·项羽本纪》记载,项羽被汉军围困于垓下,四面楚歌,"项王则夜起,饮帐中。有美人名

虞，常幸从；骏马名骓，常骑之。于是项王乃悲歌慷慨，自为诗曰：'力拔山兮气盖世，时不利兮骓不逝。骓不逝兮可奈何，虞兮虞兮奈若何！'歌数阕，美人和之。项王泣数行下，左右皆泣，莫能仰视"。

⑩歧路之涕零：《文选·北山移文》李善注引《淮南子》："杨子见歧路而哭之，为其可以南，可以北。"

⑪穷途之恸哭：《世说新语·栖逸》："阮步兵啸闻数百步。"注引《魏氏春秋》："阮籍常率意独驾，不由径路，车迹所穷，辄恸哭而反。"

## 【赏读】

以上数则选自《小窗幽记》卷二《情》，眉公序曰："语云：当为情死，不当为情怨。明乎情者，原可死而不可怨也。虽然，既云情矣，此身已为情有，又何忍死耶？然不死终不透彻耳。韩翊之柳，崔护之花，汉宫之流叶，蜀女之飘梧，令后世有情之人咨嗟想慕，托之语言，寄之歌咏，而奴无昆仑，客无黄衫，知己无押衙，同志无虞侯，则虽盟在海棠，终是陌路萧郎耳。"情分为亲情、友情、爱情、家国情，发乎情，止乎礼，无情未必真豪杰，有趣之人，必是有情之人。

# 君子当峭拔①

宁为真士夫，不为假道学；宁为兰摧玉折，不作萧敷艾荣②。

居轩冕之中，要有山林的气味；处林泉之下，常怀廊庙的经纶。

平民种德施惠，是无位之公卿；仕夫贪财好货，乃有爵的乞丐。

苍蝇附骥，捷则捷矣，难辞处后之羞；茑萝依松，高则高矣，未免仰扳之耻。所以君子宁以风霜自挟，毋为鱼鸟亲人。伺察以为明者，常因明而生暗，故君子以恬养智；奋迅以求速者，多因速而致迟，故君子以重持轻。

宇宙内事，要担当，又要善摆脱。不担当，则无经世之事业；不摆脱，则无出世之襟期。

声应气求之夫③，决不在于寻行数墨之士④；风行水上之文⑤，决不在于一句一字之奇。

## 【注释】

①君子当峭拔：选自《小窗幽记》卷三《峭》，题目是编者所拟。

②"宁为兰摧玉折"二句：《世说新语·言语》："毛伯成既负其才气，常称：'宁为兰摧玉折，不作萧敷艾荣。'"萧敷艾荣，指蒿草长得很茂盛，比喻才能低下、品行卑劣的人一时得势。萧、艾，艾蒿。敷、荣，开花。

③声应气求：同类的事物相互感应。比喻志趣相投的人自然结合在一起。《周易·乾卦》："同声相应，同气相求；水流湿，火就燥；云从龙，风从虎，圣人出而万物睹。"应，应和，共鸣。求，寻找，寻求。

④寻行数墨：只会诵读文句，不能理解义理。朱熹《易》诗："须知三绝韦编者，不是寻行数墨人。"

⑤风行水上：比喻自然流畅，不矫揉造作。《周易·涣卦》："象曰：风行水上，涣。"

## 【赏读】

此数则主要论气节操守。为人当有风骨，有担当，宁折不弯，清正高洁，不攀附，不谄媚，恬淡持重，涵养浩然之气，为国为民，胸怀坦荡，方为君子。《论语·述而》："君子坦荡荡，小人长戚戚。"眉公序云："今天下皆妇人矣。封疆缩其地，而中庭之歌舞犹喧；战血枯其人，而满座貂蝉之自若。我辈书生，既无诛乱讨贼之柄，而一片报国之忱，惟于寸楮尺字间见之，使天下之须眉面妇人者，亦耸然有起色。"眉公意在警醒朝廷权贵少一些私欲享乐，多一些公心担当，表现了眉公虽身居山林，仍心忧廊庙的家国情怀。

# 恬淡以自守①

居处寄余生,但得其地,不在高广;衣服被吾体,但顺其时,不在纨绮;饮食充吾腹,但适其可,不在膏粱②;燕乐修吾好③,但致其诚,不在浮靡。

清事不可着迹,若衣冠必求奇古,器用必求精良,饮食必求异巧,此乃清中之浊,吾以为清事之一蠹④。

人生自古七十少,前除幼年后除老。中间光景不多时,又有阴晴与烦恼。到了中秋月倍明,到了清明花更好。花前月下得高歌,急须漫把金樽倒。世上财多赚不尽,朝里官多做不了。官大钱多身转劳,落得自家头白蚤。请君细看眼前人,年年一分埋青草。草里多多少少坟,一年一半无人扫。

守恬淡以养道,处卑下以养德,去嗔怒以养性,薄滋味以养气。

何地非真境,何物非真机,芳园半亩,便是旧金谷⑤;流水一湾,便是小桃源⑥;林中野鸟数声,便是一部清鼓吹;溪上闲云几片,便是一幅真画图。

霜降木落时，入疏林深处，坐树根上，飘飘叶点衣袖，而野鸟从梢飞来窥人。荒凉之地，殊有清旷之致。

## 【注释】

①恬淡以自守：选自《小窗幽记》卷五《素》，题目是编者所拟。

②膏粱：肥肉和细粮，泛指肥美的食物。

③燕乐：指古代宫廷宴会时所用的音乐，后泛指宴会。《诗经·小雅·鹿鸣》："我有旨酒，以燕乐嘉宾之心。"

④蠹（dù）：蛀蚀器物的虫子。

⑤金谷：即西晋石崇的金谷园，位于洛阳。《晋书·石崇传》记载："崇有别馆在河阳之金谷，一名梓泽，送者倾都，帐饮于此焉。"

⑥桃源：即陶渊明《桃花源诗》《桃花源记》中描述的世外桃源。

## 【赏读】

眉公序曰："袁石公云：长安风雪夜，古庙冷铺中，乞儿丐僧，鼾鼾如雷吼，而白髭老贵人，拥锦下帷，求一合眼不得。呜呼！松间明月，槛外青山，未尝拒人，而人人自拒者何哉？"不求地广，不求纨绮，不求膏粱，不求浮靡，不求奇古，不求精良，不求异巧，恬淡以自守,可以养道,可以养德,可以养性,可以养气。虽处荒凉之地,亦觉清旷之致。虽地朴人稀,亦足以自娱。《庄子·大宗师》:"其耆欲深者,其天机浅。"《道德经》云:"知足不辱,知止不殆。"王阳明亦云:"吾辈用功,只求日减,不求日增。减得一分人欲,便是复得一分天理,何等轻快洒脱,何等简易。"恬淡寡欲,则智慧显现,福报深厚。

# 为人须带三分豪气①

深居远俗，尚愁移山有文②；纵饮达旦，犹笑醉乡无记③。

大丈夫居世，生当封侯，死当庙食。不然，闲居可以养志，诗书足以自娱。

胸中无三万卷书，眼中无天下奇山川，未必能文，纵能，亦无豪杰语耳。

上马横槊，下马作赋，自是英雄本色④；熟读《离骚》，痛饮浊酒，果然名士风流⑤。

身许为知己死，一剑夷门⑥，到今侠骨香仍古；腰不为督邮折，五斗彭泽⑦，从古高风清至今。

**【注释】**

①为人须带三分豪气：选自《小窗幽记》卷十《豪》，题目是编者所拟。

②移山有文：南齐时，周颙、孔稚珪同隐钟山，后周颙应诏出任海盐县令，期满进京，路经钟山。孔稚珪撰写《北

山移文》,假托山神之意,讽刺周颙违背前约,热衷名利,实非真隐。

③醉乡无记:唐代王绩作《醉乡记》,虚构醉乡:"去中国不知其几千里也,其土旷然无涯,无丘陵坂险。"

④"上马"三句:《南齐书·垣荣祖传》:"若曹操、曹丕上马横槊,下马谈论,此于天下可不负饮食矣。"

⑤"熟读"三句:《世说新语·任诞》:"王孝伯言,名士不必须奇才,但使常得无事,痛饮酒,熟读《离骚》,便可称名士。"

⑥夷门:本指战国时魏国都城大梁的东门,此处代指侯嬴。《史记·魏公子列传》记载,侯嬴,战国时期魏国人,七十岁尚为夷门监者,后得遇信陵君,待为上宾。侯嬴助信陵君窃取兵符,救赵退秦。后以自刎报答信陵君的知遇之恩。

⑦五斗彭泽:《晋书·陶潜传》记载,陶潜曾任彭泽令,"素简贵,不私事上官。郡遣督邮至县,吏白应束带见之,潜叹曰:'吾不能为五斗米折腰,拳拳事乡里小人耶!'义熙二年,解印去县,乃赋《归去来》"。

## 【赏读】

眉公序云:"今世矩视尺步之辈,与夫守株待兔之流,是不束缚而阱者也。宇宙寥寥,求一豪者安得哉!家徒四壁,一掷千金,豪之胆;兴酣落笔,泼墨千言,豪之才；我才必用，黄金复来，豪之识。夫豪既不可得，而后世倜傥之士，或以一言一字写其不平，又安与沉沉故纸同为销没乎?"生封侯，死庙食，固然是英雄事业，然而，读万卷书，作万言赋，高节远俗，不为五斗米折腰，亦是豪杰之所为。豪，并非流于表面，而是蕴于内心。胸怀三分豪气，自是潇洒倜傥，虽居狭室，天地自宽。虽处穷途，亦可成康庄大道。

# 闭户先生山中居[①]

山居胜于城市,盖有八德:不责苛礼,不见生客,不混酒肉,不竞田宅,不问炎凉,不闹曲直,不征文逋[②],不谈仕籍。如反此者,是饭侩田牛店[③],贩马驿也。

凡山具,设经籍机杼,以善族训家;备药饵方书,以辟邪卫疾;储佳笔名茧,以点绘赋诗;留清醪杂蔬,以供宾独酌;补破纳旧笠,以犯雪当风;畜绮石奇墨,古玉异书,以排闲永日;制柳絮枕,芦花被,以连床夜话;狎黄面老僧,白头渔父,以遣老忘机。

山鸟每至五更,喧起五次,谓之报更。盖山中真率漏声也。余忆曩居小昆山下,时梅雨初霁,座客飞觞,适闻庭蛙,请以节饮。因题联云:"花枝送客蛙催鼓,竹籁喧林鸟报更。"可谓山史实录。

有儿事足,一把茅遮屋。若使薄田耕不熟,添个新生黄犊。闲来也教儿孙,读书不为功名。种竹浇花酿酒,世家闭户先生。右调《清平乐》,余醉中付儿曹，以为家券。

箕踞于斑竹林中④，徙倚于青石几上，所有道笈梵书⑤，或校雠四五字，或参讽一两章。茶不甚精，壶也不燥；香不甚良，灰也不死。短琴无曲而有弦，长讴无腔而有音。激气发于林樾，好风送之水涯。若非羲皇以上⑥，亦定嵇阮兄弟之间⑦。

住山须一小舟，朱栏碧幄，明榔短帆，舟中杂置图史鼎彝，酒浆菇脯。近则峰泖而止，远则北至京口，南至钱塘而止。风利道便，移访故人，有见留者，不妨一夜话，十日饮。遇佳山水处，或高僧野人之庐，竹树蒙茸，草花映带，幅巾杖履，相对夷然。至于风光淡爽，水月空清，铁笛一声，素鸥欲舞。斯也避喧谢客之一策也。

古云鹤笠鹭蓑，鹿裘鹊冠，鱼枕杯，猿臂笛，与画图之屋庐，诗意之山水，皆可遇而不可求，即可求而不可常。余唯纸窗竹屋，夏葛冬裘，饭后黑甜，日中白醉。

余尝过一山邻，而老嗜花，红紫映户，弄孙负日，使人不复知有城居车马之闹，况京都滚滚尘邪？余赠以诗云："有个小门松下开，堂前明月绕畦栽。老翁抱孙不抱瓮⑧，恰欲灌花山雨来。"

不能卜居名山，即开岗阜回复及林水幽翳处辟地数亩，筑室数楹，插槿作篱，编茅为亭，以一亩荫竹树，一亩栽花果，二亩种瓜菜，四壁清旷，空诸所有，畜山童灌园剃草⑨，置二三胡床，著林下，挟书砚以伴孤寂，携琴弈以迟良友⑩，凌晨杖策，抵暮言旋。此亦可以娱老矣。

有客谓山居眷属难，山邻难，山友难，山仆难。余谓如此则山堂前草深一丈矣。不如敕断家事，择二三童子自随，其强干者以备烹爨树艺，文弱者以备洒扫抄写。子孙能相体者，则送供养，宾朋能相念者，则通馈问⑪，舍此以外，靡知其他。不然，东坡所谓"老稚纷纷口，众食贫孤寂"，未必不佳也。

## 【注释】

①闭户先生山中居：选自《岩栖幽事》，题目是编者所拟。

②文逋：即文债，拖欠文稿没有完成。逋，拖欠。

③饭侩（kuài）田牛店：饲养、贩卖耕牛的地方。

④箕踞：两脚张开，两膝微屈地坐着，形状如簸箕，是一种不拘礼节、傲慢不敬的坐姿。斑竹：一种茎部有紫褐色斑点的竹子，又名"湘妃竹"。晋代张华《博物志》："尧之二女，舜之二妃，曰湘夫人，舜崩，二妃啼，以涕挥竹，竹尽斑。"

⑤道笈梵书：道教和佛教的书籍。

⑥羲皇以上：即羲皇上人，指太古之人。比喻无忧无虑、生活闲适的人。陶渊明《与子俨等疏》："常言五六月中，北窗下卧，遇凉风暂至，自谓是羲皇上人。"羲皇，指伏羲氏。

⑦嵇阮：魏晋时期的嵇康和阮籍，二人经常与山涛、向秀、阮咸、刘伶、王戎等七人游于山阳县竹林之下，世称"竹林七贤"。

⑧抱瓮：《庄子·天地》记一位老人多次抱瓮浇菜，"用力甚多而见功寡"，此处指费力浇水。

⑨剃草：除草。

⑩迟：等待。

⑪馈问：馈赠礼物，问候。

## 【赏读】

眉公《岩栖幽事》序云："吾家於陵及华山处士，世有隐德。余辈胶黏五浊，羁锁一生，每忆少年青松白石之盟，何止浩叹。岁丁酉，始得筑婉娈草堂于二陆遗址，故有'长者为营栽竹地，中年方惬住山心'之句。然山中亦不能如道家保炼吐纳，以啬余年。即佛藏六千卷，随读随辍。惟喜与邻翁院僧，谈接花艺果种术劚苓之法，其余一味安稳本色而已。暇时集其语为《岩栖幽事》，藏之土室。嘻，此非伊吕契稷之业也。世有所谓大人先生者,其勿哂诸!"《四库提要》讥评曰:"所载皆山居琐事,如接花艺木以及于焚香点茶之类,词意佻纤,不出明季山人之习。自跋称陈仲子为'家於陵',尤可噱鄙。此沿杨修'家子云'之误也。"《岩栖幽事》所记确实多琐事,正可见山居之闲适。品眉公山居之文,如清风拂面,令人清爽畅快。

# 天下清福是读书①

掩户焚香,清福已具。如无福者,定生他想。更有福者,辅以读书。

黄山谷常云②:士大夫三日不读书,自觉语言无味,对镜亦面目可憎。米元章亦云③:一日不读书,便觉思涩。想古人未尝片时废书也。

余每欲藏万卷异书,袭以异锦④,薰以异香,茅屋芦帘,纸窗上壁,而终身布衣,啸咏其中。客笑曰:此亦天壤一异人。

多读两句书,少说一句话。

小儿辈不可以世事分读书,当令以读书通世事。

读书当如斗草⑤,遇一样采一样,多一样斗一样。

读书要耐讹字,正如登山耐仄路,踏雪耐危桥,闲居耐俗汉,看花耐恶酒,此方得力。

【注释】

①天下清福是读书:选自《安得长者言》,题目是编者

所拟。

②黄山谷：黄庭坚，字鲁直，号山谷道人，洪州分宁（今江西修水）人，北宋文学家、书法家，江西诗派开山之祖，"苏门四学士"之一。

③米元章：米芾，字元章，北宋书画家，曾官礼部员外郎，人称"米南宫"。举止"颠狂"，人称"米颠"。

④袭：加衣，此处指包裹。

⑤斗草：古代用草来赌输赢的游戏。

**【赏读】**

《安得长者言》其名取自《汉书·龚遂传》"君安得长者之言而称之"，是陈眉公随时记下的心得，也是一部家训作品，是留给后人的精神财富。其自序云："少从四方名贤游，有闻辄录，使异日，子孙躬耕之暇，粗识数行字者读之了了。"

古人多有读书之论。朱熹："读书有三到，谓心到、眼到、口到。……三到之中，心到最急。心既到矣，眼口岂不到乎？"曾国藩《曾国藩家书》："盖士人读书，第一要有志，第二要有识，第三要有恒。有志则断不甘为下流，有识则知学问无尽，不敢以一得自足，如河伯之观海，如井蛙之窥天，皆无识者也。有恒则断无不成之事。此三者缺一不可。"读书可以改变气质，开阔视野，陶冶情操。读书乃是天下之清福。

# 闭门即是深山①

闭门即是深山,读书随处净土。

富贵功名,上者以道德享之,其次以功业当之,又其次以学问识见驾驭之,其下不取辱则取祸。

责备贤者,毕竟非长者言。

乘舟而遇逆风,见扬帆者不无妒念。彼自处顺,与我何关;我自处遗,于彼何与?究意思之,都是自生烦恼,天下事大率类此②。

人生一日,或闻一善言,见一善行,行一善事,此日方不虚生。

出言须思省,则思为主,而言为客,自然言少。

人有好为清态而反浊者,有好为富态而反贫者,有好为文态而反俗者,有好为高态而反卑者,有好为淡态而反浓者,有好为古态而反今者,有好为奇态而反平者。吾以为不如混沌为佳③。

静坐然后知平日之气浮,守默然后知平日之言躁,省事然后知平日之费闲,闭户然后知平日之交滥,寡欲然后知平日之病多,近情然后知平日之念刻④。

**【注释】**

①闭门即是深山:选自《太平清话》,题目是编者所拟。
②大率:大多数。
③混沌:原指天地开辟之前的自然状态,此处指自然朴质。
④念刻:心念刻薄。

**【赏读】**

以上数则均以讨论修身养性为主。闭门静坐,所居即是深山。静心读书,内心即是净土,读书亦是修身之法。富贵功名,有德之士享用它,有功之人承当它,有学问见识之人驾驭它,无德无功无识之人不要贪图功名富贵,否则,非辱即祸。对于贤者,应观其优点,学其长处。求全责备,非长厚之人所为。嫉妒别人,皆是自寻烦恼。听善言,见善行,行善事,日不虚度。三思而行,亦要三思而言。修身以质朴自然为佳,故作姿态反而走向反面。静坐、守默、省事、闭户、寡欲、近情,每日三省吾身,才能日有所得。儒家主张修身、齐家、治国、平天下,以修身为本。《大学》:"自天子以至于庶人，壹是皆以修身为本，其本乱而末治者，否矣。其所厚者薄，而其所薄者厚，未之有也。"古人多有论及修身之道，眉公即是其中一例，多有警世之语。

# 隐居之趣[①]

余昔戊子，隐居沈大夫园，四周杂种花，是小桃源[②]；时雨初晴，负笠握锄，拨散土膏，如灌园状，是小於陵[③]；教授诸生，是小河汾[④]；桥断水西，不闻市喧，是小考槃[⑤]；短舟徜徉池中，一炉一琴，可濯可钓，是小五湖[⑥]；挟此数者，视青天，呼白鸟，有谈名利则挥手谢之，不知其他，是小神仙。

郭忠恕尝以聂崇义姓嘲之曰[⑦]："近贵全为聩，攀龙即作聋。虽然三个耳[⑧]，其奈不成聪。"崇义对曰："仆不能为诗，聊以一联奉答。"即云："勿笑有三耳，全胜畜二心[⑨]。"盖因其名以嘲之，真儒者之戏云。

【注释】

①隐居之趣：题目是编者所拟。

②"余昔"四句：《眉公府君年谱》中言眉公三十一岁时："设馆于沈氏荒圃，即今何园之观濠堂也。"戊子，即万历十六年（1588），时眉公三十一岁。桃源，即陶渊明《桃

花源诗》《桃花源记》中所描述的世外桃源。

③於陵:治今山东邹平东南。《史记·鲁仲连邹阳列传》:"於陵子仲辞三公为人灌园。"裴骃集解:"《列士传》曰:'楚於陵仲,楚王欲以为相,而不许,为人灌园。'"於陵子仲,即陈仲子,又称田仲、陈仲、於陵仲子,战国时期齐国思想家、隐士。

④河汾:隋代王通设教于河汾之间,见《新唐书·隐逸传·王绩传》,后以"河汾"指称王通及其学术流派。

⑤考槃:《诗经·卫风·考槃》:"考槃在涧,硕人之宽。"其序云此诗为讽刺庄公"不能继先公之业,使贤者退而穷处",后以考槃指隐居。

⑥五湖:春秋时范蠡助越灭吴后,据说同西施泛舟五湖,隐居田园。

⑦郭忠恕:字恕先,洛阳人,五代、北宋初年画家,工书画,尤精界画,绘有《雪霁江行图》。聂崇义:五代学官,洛阳人,精通经旨,曾任国子司业兼太常博士。著有《三礼图集注》。

⑧三个耳:指聂崇义之姓"聂"字的繁体字"聶"有三个"耳"字。

⑨二心:指郭忠恕的"忠恕"二字共有两个"心"字。


【赏读】

　　隐居之趣不在山水,而在心境。有隐者心境,则无处不桃源。儒者之戏，亦文雅有趣。然《四库提要》评价《太平清话》云："是书杂记古今琐事，征引舛错，不可枚举。当时称继儒能识古今书画，然如所载耐辱居士墨竹笔铭，证以《唐书·司空图传》，乖舛显然，殊不能知其伪也。"

# 模世语

一生都是命安排，求甚么！
命里有时终须有，钻甚么！
前途止有这些路，急甚么！
不礼爷娘礼世尊①，谄甚么！
兄弟姐妹皆同气，争甚么！
荣华富贵眼前花，恋甚么！
儿孙自有儿孙福，愁甚么！
奴仆也是爷娘生，凌甚么！
当权若不行方便②，逞甚么！
公门里面好修行，凶甚么！
刀笔杀人终自杀，唆甚么！
举头三尺有神明，欺甚么！
文章自古无凭据，夸甚么！
他家富贵生前定，妒甚么！
一生作孽终受苦，怨甚么！
补破遮寒暖即休，摆甚么！

才过咽喉成何物,馋甚么!
死后一文将不去③,悭甚么!
前人田地后人收④,占甚么!
聪明反被聪明误,巧甚么!
虚言折尽平生福,慌甚么!
赢了官司输了钱,讼甚么!
是非到底自分明,辩甚么!
人世难逢开口笑,恼甚么!
暗里催君骨髓枯,淫甚么!
十个下场九个输⑤,赌甚么!
得便宜处失便宜,贪甚么!
治家勤俭胜求人,奢甚么!
人争闲气一场空,恨甚么!
恶人自有恶人磨,憎甚么!
冤冤相报何时休,仇甚么!
人生何处不相逢,狠甚么!
世事真如一局棋,算甚么!
谁人保得常无事,消甚么⑥!
穴在人心不在山,谋甚么!
欺人是祸饶人福,卜甚么!

## 【注释】

①爷娘：父亲和母亲。世尊：佛家对释迦牟尼的尊称。

②行方便：给人以便利。

③将：带，拿。

④前人田地后人收：范仲淹诗《书扇示门人》："一派青山景色幽，前人田地后人收。后人收得休欢喜，还有收人在后头。"

⑤下场：下赌场赌博。

⑥诮：讥诮，责备。

## 【赏读】

本文涉及家庭、人生、官场、国事等诸多方面，劝诫世人知足常乐、与世无争、清心寡欲，是修身养性、为人处世的箴言。语言朴质，句式整齐，风格诙谐，通俗易懂。

《楳世语》以其独特的构思和语言，备受后人推崇。清人石成金《甚么话》序中说："陈眉公辑有《楳世语》三十六条，唤醒人心而脍炙人口者，已久且多矣。"黄道周在《三罪四耻七不如疏》中说："雅尚高致，博学多通，足备顾问，则臣不如华亭茂才陈继儒、龙溪孝廉张燮。"

# 读书十六观

吕献可尝言①:"读书不须多,读得一字行取一字。"伊川亦尝言②:"读书一尺,不如行得一寸。"读书者当作此观。

倪文节公云③:"松声、涧声、山禽声、夜虫声、鹤声、琴声、棋子落声、雨滴阶声、雪洒窗声、煎茶声,皆声之至清者也,而读书声为最。闻他人读书声,已极喜。更闻子弟读书声,则喜不可胜言矣。"又云:"天下之事,利害常相半,有全利而无少害者,惟书。不问贵贱、贫富、老少,观书一卷,则有一卷之益;观书一日,则有一日之益。故曰:有全利无少害也。"读书者当作如此观。

范质自从仕未尝释卷④,曰:"尝有异人,言吾当大用。"苟如是言,无学术何以处之。读书者当作此观。

沈攸之晚好典册⑤,常曰:"早知穷达有命,恨不十年读书。"叶石林云⑥:"后人但令不断书种,为乡党善人足矣。若夫成否,则天也。"读书者当作此观。

孙蔚家世积书⑦,远近来读书者,恒有百余人,蔚为办衣食。读书者当作此观。

东坡《与王郎书》云⑧:"少年为学者,每一书皆作数次读之,当如入海,百货皆有。人之精力不能兼收尽取。但得其所欲求者尔。故愿学者每次作一意求之,如欲求古今兴亡治乱圣贤作用,且只作此意求之,勿生余念,又别作一次。求事迹文物之类,亦如之也。若学成八面受敌,与涉猎者不可同日而语。"读书者当作此观。

董遇挟经书⑨,投闲习诵,人从学者,不肯教之,云:"先读百遍,而义自见。"栾城云⑩:"看书如服药,药多力自行。"读书者当作此观。

**【注释】**

①吕献可:吕诲,字献可,北宋时人,曾任殿中侍御史、同知谏院等。《宋史》言:"诲性纯厚,家居力学,不妄与人交。"

②伊川:程颐,字正叔,北宋理学家、教育家,洛阳(今属河南)人,人称"伊川先生"。

③倪文节:倪思,字正甫,谥文节,南宋学者。

④范质:字文素,九岁能文,十三岁治《尚书》,教授

生徒。历经后梁、后唐、后晋、后汉、后周、北宋六朝,五朝为官,两朝为相。

⑤沈攸之:字仲达,南朝宋名将,曾任镇西将军、荆州刺史,封爵贞阳县公。

⑥叶石林:叶梦得,字少蕴,号肖翁、石林居士。原籍吴县(今江苏苏州),南宋文学家。

⑦孙蔚:当作"范平孙蔚",范平子范泉,泉子范蔚,晋朝人,范蔚曾封关内侯,家世好学,家有藏书7000余卷。

⑧东坡《与王郎书》:即苏轼《答王庠书》。

⑨董遇:字季直,三国魏时名儒。

⑩栾城:即苏辙,字子由,著有《栾城集》。

## 【赏读】

《读书十六观》采集古人读书的言论编辑成册,共十六条。收于丛书《说郛续》中。明末清初吴恺著有模仿之作《读书十六观补》。眉公自序云:"昔人嗜古者,上梯层崖,下缒穷渊。凡碑版锜釜之文,皆为搜而传之。薰以芸蕙,袭以缥缃。其典籍之癖如此。余也鄙,少秉攸好,颇藏异册。每欣然指谓弟子云:'吾读未见书,如得良友;见已读书,如逢故人。'吾性乐宾客而惮悔尤,庶几仗此,其可老而闭户乎!乃于竹窗之暇,抽忆旧闻,纂《读书十六观》。盖浮屠氏之修净土者,有《十六观经》,而观止矣。"《四库提要》评曰:"采古人成语,自

'吕献可'以下凡十六条,联缀成编,以为读书之法。命名之义,盖拟浮屠氏之《十六观经》也。后有跋云,写前观毕,梦有老人自称斫轮翁云云。虽本寓言,究涉荒渺。此编尝刻入《秘笈》中,与书画史误合为一,今析出别著于录焉。"

# 卷五 其他

余之爱竹,独爱其子孙玉立,参差捧笏而拱青云。龙翔凤舞,直有干霄之气。

# 书田舍

余考室东佘,曰"田舍"。仅二三十笏许<sup>①</sup>,所谓动以九州为狭,静以圜堵为大<sup>②</sup>。又所谓居然一亩宫,宽于四天下也<sup>③</sup>。但数月不入城,归则如远旅还家,生客抵舍,黄犬舐衣,似绝不相识者。徐勉为侍中<sup>④</sup>,经旬还府,群犬惊吠,勉叹曰:"吾忧国亡家,乃至于此。若吾亡后,亦是传中一事。"邢子才有斋不居<sup>⑤</sup>,坐卧恒在一小屋,尝昼入内阁,为狗所吠,抚掌大笑而出。此事古人已有之,余何足异。但子才果饵之属,悬于梁上,宾至,下与共瞰。余则不暇待客,客来随瞰尽。东坡、贾耘老用邢子才前法<sup>⑥</sup>,日以画叉叉梁上钱用之<sup>⑦</sup>。余年来不及断钱三十块,钱到手滑,甚愧两公耳。

**【注释】**

①笏:笏板,古代朝臣上朝时所持的狭长板子,按品第分别用玉、象牙或竹制成,以为论事之用。此处用以比喻田

舍狭小。

②圜堵：四周墙壁。

③四天下：四方之天。

④徐勉：字修仁，南朝梁文学家，曾任侍中，官至中书令。

⑤邢子才：邢邵，又作邢劭，字子才，北魏、北齐思想家、文学家，"北地三才"之一。初仕北魏为著作佐郎，累迁中书侍郎。入北齐官中书监，摄国子祭酒授特进。尝居一小屋，满置果饵，与宾客共啖。

⑥东坡：苏轼，字子瞻，号东坡居士。贾耘老：贾收，字耘老，北宋诗人，喜饮酒，隐居苕溪，与苏轼酬唱甚多，著有《怀苏集》。

⑦画叉：用以悬挂或取下高处立幅书画的长柄叉子。

【赏读】

陈眉公卜居佘山，名曰"田舍"。地方狭小，远离城市。离城返家，黄犬舐衣，亦是古人已有之韵事。无暇待客，任客随意啖尽果饵。只是年来钱到手滑，不能如东坡、贾耘老二人天天用画叉叉梁上钱用之，甚是惭愧。地虽圜堵之狭，心静则有九州之广。田舍生活虽清贫，但意趣盎然。文章风格自然平实，又不乏风趣。

# 书种竹

子猷税地种竹,笑谓人曰:"何可一日无此君!"①竹以虚中通外,岁寒弥坚,故昔人往往喜与把臂入林。余之爱竹,独爱其子孙玉立,参差捧笏而拱青云。龙翔凤舞,直有干霄之气。回视一切草丛花色,仅仅脂粉媚人,一遇风雨,阑珊狼藉②,不复有特出草莽之志③。今里中朱门弟子,皆此类也。吾愿以竹望之,庶有长进。盖花岁减,竹岁增,竹于世有实用,而花以容事人故耳。

## 【注释】

①"子猷"数句:《世说新语·任诞》:"王子猷尝暂寄人空宅住,便令种竹。或问:'暂住何烦尔!'王啸咏良久,直指竹曰:'何可一日无此君!'"子猷,即王子猷,名徽之,东晋琅邪临沂人,王羲之之子。税地,租地。

②阑珊:暗淡,零落。狼藉:乱七八糟。

③特出:格外突出,特别出众。草莽:丛生的杂草。

**【赏读】**

眉公爱竹，赞其有干霄之气，不似一切草丛花色，以脂粉媚人。眉公警告里中朱门子弟，要做于世有用的竹，不要做以容事人的花。花随岁月日渐衰微，而竹随日月节节升高。

本文不唯书种竹，更是借种竹写树人、为人之道。语言平实而不失典雅。文虽短小却蕴含大道理。若能育人济世，何须恣肆夸饰，洋洋万言。

# 书扫地

宋莱子匡俗①，洒扫一市。第五伦夜宿②，必扫净而去，明日有过者见之，曰："此必第五伦夜宿处也。"郭有道亦然③。古人且尔，况吾辈乎！端居一室，先扫地上尘，次扫口上尘、笔上尘，最上乃扫心上尘耳。

余七八岁时，尝见先祖怡松公年已逾耋④，洒扫门外小弄中，一日尝数巡。邻有负薪遗寸芥于地上，辄动色詈呵。其后负薪者，往往避地径以去。识者指先祖曰："此翁后必昌。"余虽老而无闻，然所至必焚香扫地而坐，怡松公之家风，犹未敢泯也。

【注释】

①宋莱子：天台山道士王松年《仙苑编珠》卷上："言《真诰》云：'楚庄王时，市长宋莱子恒洒扫一市，忽遇一乞食公唱歌，莱子知是仙人，乃随之。积十三年，遂得仙道，为中岳仙人。'"

②第五伦：字伯鱼，京兆长陵（今陕西咸阳东北）人，东汉初年任蜀郡太守、司空，性情耿介，修身自持。《后汉书》记载其："自以为久宦不达，遂将家属客河东，变名姓，自称王伯齐，载盐往来太原、上党，所过辄为粪除而去，陌上号为'道士'，亲友故人莫知其处。"

③郭有道：郭泰，字林宗，太原界休（今山西介休东甫）人，东汉名士，博学多识，事亲至孝，闭门授徒，弟子千人。寓居旅舍，必洒扫而去。初被太常赵典举为有道科，故后世称其为"郭有道"。

④耋（dié）：七八十岁的年纪，泛指年老。

【赏读】

佛家一偈云："扫地扫地扫心地，心地不扫空扫地。人人都把心地扫，世上无处不净地。"扫心地如扫地，将贪嗔痴扫除干净，才是真正的修心。宋莱子、第五伦、郭有道、怡松公，与其说扫除地上尘，不如说是扫除心上尘。除地之垢，扫心之尘，心尘不扫，何谈清净？

# 书避暑

我有一草堂，南洞庭月，北峨眉雪，东太岱松，西潇湘竹，中置晋高僧支法存八尺沉香板床①。浴罢朱砂温泉汤，投床酣睡，以此避暑，乐不乐也？

此方不敢独享，奉献云栖老人共之②。云栖云："古宿传下更有一方③：'我自向镬汤里去避④'，何者？众热所不到。"

**【注释】**

①支法存：晋代医僧，先祖为胡人。著有《申苏方》。据南朝宋《异苑》记载，支法存医术高明，家产日丰。家中有八九尺长的毛毯，光彩夺目，还有一张八尺长的沉香木板床，芳香四溢。后因拒绝权贵索要，支法存被诬，没收家财。

②云栖老人：袾宏，俗姓沈，号莲池，明代高僧，居云栖寺，世称"云栖大师"。

③古宿：指有德行的僧人。

④镬(huò)汤：佛经所说十八地狱之一，用以烹罪人。也比喻水深火热的处境。镬，大锅。汤，热水。

**【赏读】**

眉公在草堂避暑，沐浴酣睡，胸有洞庭月、峨眉雪、泰山松、潇湘竹，自然清凉无汗。云栖老人献一避暑秘方："自向镬汤里去避"，则蕴含哲思。小文清新自然，风趣幽默，读来清风自至。

# 书苕帚庵<sup>①</sup>

乙丑冬,余结一草堂佘山,在户流水绕溪。东坡所谓岁云暮矣,风雨凄然,纸窗竹屋,灯火青荧,时于此中,得少佳趣<sup>②</sup>。似我《苕帚庵》画图也。昔有佛弟子诵"苕帚"二字,念苕则遗帚,念帚则遗苕。如是三年,忽然连续,遂尔顿悟,余之名庵者以此<sup>③</sup>。

尝读尧夫《击壤》<sup>④</sup>,语云:"布被暖衣,藜羹饱后,气吐胸中,充塞宇宙。"陆放翁作《布被铭》云<sup>⑤</sup>:"公孙弘布被<sup>⑥</sup>,司马相如布被<sup>⑦</sup>。布被可能也,使人不以为诈,而以为诚,不可能也。"此皆与苕帚庵主人相宜,并拈此。

【注释】

①苕帚:同"笤帚"。

②"东坡所谓"数句:出自苏轼《与毛维瞻》:"岁行尽矣,风雨凄然。纸窗竹屋,灯火青荧。时于此间,得少佳趣。无由持献,独享为愧,想当一笑也。"

③"昔有佛弟子"数句：南宋陈善《扪虱新话》："世尊在日，有比丘钝根，无多闻性。佛令诵'笤帚'二字。旦夕诵之，言'笤'则已忘'帚'，言'帚'则又忘'笤'。每自克责，系念不休。忽一日，能言'笤帚'，于是大悟，得无碍辩才。"

④尧夫：邵雍，字尧夫，北宋理学家，不愿仕进，著有《伊川击壤集》等。

⑤陆放翁：陆游，字务观，号放翁，南宋文学家、爱国诗人。

⑥公孙弘：西汉大臣，封平津侯，生活节俭。《史记·平津侯列传》："弘为布被，食不重肉。"

⑦司马相如：字长卿，西汉著名辞赋家，家徒四壁，后为武骑常侍。

## 【赏读】

一沙弥天资迟钝，念诵"笤帚"二字，念"笤"忘"帚"，念"帚"忘"笤"，仍念诵不止。忽一日，能连念"笤帚"，大悟，遂成辩才。陈眉公笤帚庵即取名于此。为人处世，应抱朴见素，诚心待己。念诵"笤帚"的小沙弥，不自欺，不自弃，不欺人，不使巧诈，不要小聪明，朴素自然，心意诚实，故能有所成就。或许陈眉公其意正在于此。

# 书酒上户

新安有贩木大贾,善饮酒,自诧天下无二①。插标木筏上云:"饮者能胜我,取一筏去。"有京僧某,闻而赴之。裹一物负项背间,曰:"僧,酒徒也,愿就饮。"贾出银碗,约容三五升许,僧一吸而尽。既而笑曰:"此物琐碎,仆有酒瓢在。"解裹,乃大铜磬也②。连饮三磬而别,贾如数许之。

【注释】

①诧:夸耀。

②磬:佛寺中使用的一种钵状物,用铜铁铸成,既可作念经时的打击乐器,也可敲击集合寺众。

【赏读】

此故事颇有趣,语言也诙谐幽默。京僧饮酒,"一吸而尽",正如杜甫《饮中八仙歌》中所言左相李适之"饮如长鲸吸百川"。僧人所说的酒瓢竟是大铜磬,以磬为瓢,连饮三磬,真是豪饮。新安贩木商挑战天下,豪!奇!京僧连饮三磬,最终取胜,得筏而去,更是豪!奇!小小故事,引人入胜。

# 书改《三字偈》①

林淇《清净斋铭》②,其言不雅驯③,余为删定,作《三字偈》。榜之山房,亦有真率道人风味。老瓦盆间,呼田童唱之,尽可供老夫一饷薄醉也。

一间屋,六尺地。薄作团④,布作被。日可坐,夜可睡。灯一盏,香一炷。好人来,恶人避。发不除,荤不忌。不谈禅,不说偈。不贪名,不图利。清净缘,解脱计。闲便入,忙便去。即上乘,即三昧。日复日,岁复岁。毕这生,任后裔。

**【注释】**

①三字偈:每句三字的偈颂。偈,又作"颂",指佛经中略似诗的唱颂词。

②林淇:当作"林洪",字龙发,号可山,南宋晋江人,绍兴年间进士。擅诗文书画,著有《西湖衣钵集》《山家清事》等。

③雅驯:指文辞优美,典雅不俗。

④薄：当作"蒲"。

## 【赏读】

林洪《清净斋铭》曰："半间屋，六尺地。虽不庄严，却也精微。蒲作团，布作被。日间可坐，夜间可睡。灯一盏，香一炷。石磬数声，木鱼几击。龛常关，门常闭。好人放参，恶人回避。发不剃，肉不忌。道人心肠，儒者服制。上无师，下无弟。不传衣钵，不立文字。不参禅，不说偈。但无妄想，亦无妄意。不贪荣，不贪利。无挂碍，无拘系。了清净缘，作解脱计。闲便来，忙便去。省闲非，省闲气。也非庵，也非寺。在家出家，在世出世。此即上乘，此即三昧。日复日，岁复岁。毕我这生，任我后裔。"陈眉公因其不够典雅，遂改为三字偈，表达与世无争、清静无为、任其自然的人生信条和处世态度。

# 书壁

大丈夫以五岳为芥子①,黄河为衣带,今人垒石作山,穴地作池,不亦细乎!昔人云:"会心处不在远②。"花明月白,与一二同志,相与颓倚于长松乱云之间,吹笛弹琴,烹茶摊卷,有谈尘市者,则麾而去之。

【注释】

①芥子:芥菜的种子,比喻极其微小的事物。

②会心处不在远:《世说新语·言语》:"简文入华林园,顾谓左右曰:'会心处不必在远。翳然林木,便自有濠、濮间想也,觉鸟兽禽鱼,自来亲人。'"

【赏读】

垒石作山,穴地作池,与五岳、黄河相比,不仅微若尘埃,且矫揉造作,失却天然。与一二同道,闲坐山林之中,以青天为屋宇,以大地为枕席,自在清谈,俨然上古羲皇之世。"会心处不在远",近在草庐左右。心中若有佳境,则无处不佳境。文末"有谈尘市者,则麾而去之",显示眉公幽默可爱的一面。

# 王小颠赞

王小颠，七十矣。自舞还自歌，不衫亦不履。有时孤坐秋露中，有时鼾睡炙日里，童子呼得来，王公推不起。去后令人思，醉后令人喜。双眼何曾着名利，短竹还教付山水，人道是阎蓬头老汉亲传①，我疑是东华山人铁拐李②。

【注释】

①阎蓬头：疑当为阎希言，明代人，居茅山乾元观，开创"阎祖派"。以其不巾栉，又被称为阎蓬头。

②铁拐李：传说八仙之一，相传叫李玄，曾遇太上老君点化得道成仙，蓬头垢面，袒腹跛足。

【赏读】

本文采用骈体描写王小颠，形象生动，语言简练，风趣幽默。寥寥数语，使不修边幅、散淡潇洒的王小颠形象跃然纸上，呼之欲出。

## 钟伯敬先生像赞①

长松之下,杖者安之②,吏耶隐耶?吾不知为何谁。其思路微,其行径畸,其冷如万年冰,其钝如无字碑,而又能一言定国是之邪正,百战决古人之雌雄。是子也,立三不朽③,奉三无私④,舌有骨,笔有眼,而又有一肚皮不合时宜者耶⑤。

**【注释】**

①钟伯敬:钟惺,字伯敬,号退谷,竟陵(今湖北天门)人,明代文学家,曾任工部主事,官至福建提学佥事,之后不久辞归,晚年入寺院。其为人严冷,不喜接俗客。与同邑谭元春合编《唐诗归》《古诗归》,著有《隐秀轩集》等。开创"竟陵派",所作称"钟谭体"。

②杖者:指老年人。《论语·乡党》:"乡人饮酒,杖者出,斯出矣。"

③三不朽:立德、立功、立言。《左传·襄公二十四年》,鲁国大夫穆叔云:"大上有立德,其次有立功,其次有

立言,虽久不废,此之谓不朽。"

④三无私:《礼记·孔子闲居》:"孔子曰:'奉三无私,以劳天下。'子夏曰:'敢问何谓三无私?'孔子曰:'天无私覆,地无私载,日月无私照。'"

⑤一肚皮不合时宜:南宋费衮《梁溪漫志·侍儿对东坡语》:"东坡一日退朝,食罢扪腹徐行,顾谓侍儿曰:'汝辈且道是中有何物?'一婢遽曰:'都是文章。'坡不以为然。又一人曰:'满腹都是见识。'坡亦未以为当。至朝云,乃曰:'学士一肚皮不入时宜。'坡捧腹大笑。"

## 【赏读】

本文用苏东坡典故,一语双关,既指钟惺满腹才情,又指他严冷不接俗客等与世俗格格不入的性情。行文简练传神,点染数笔,钟惺其人如在眼前。

# 唐李公子传

余下第归,抱幽忧之疾,以道书淘汰之。心猛气深,强抑不下。乃搜读稗官家,得《李公子传》。《唐书》言邺侯之子繁①,不甚贤。今公子颇有奇韵,想繁之兄弟行也,但不知为邺侯第几子耳。录之左方。

李公子者,父泌,为唐邺侯。侯既老,谢事辟谷,公子官袭侯封,不愿侯,愿词赋科。时肃宗新复两京②,以《两京赋》试进士,御泰清殿亲临之。公子立就万言,未尝加点③。赋上,上方午膳,太常作乐,命缀乐读之,爱其美也。袖入宫中,擢第一人,勒石刻《两京赋》于殿前。公子方十九,眉目清映,紫衣白马,宛如神仙。上一见大喜,谓侍臣曰:"邺侯宣劳④,再造邦家,曾不肯剖粒自饱,今其子虽不愿侯,授官宜与侯等。"以集贤学士授之,公子谢曰:"臣实不敢当此,但乞告身一通,便宜山水间,县伯不得追呼,足矣。"上嘉其志,御写敕札,并赐宫嫔两人,曰一以掌书,一以暖酒。

郭汾阳有女⑤,曰清明君者。有殊色,喜读《离骚》、古陶谢诗⑥。尝删《诗》去其郑卫者。手录一卷,日日批注。闺房中以小室庙祀舜二妃⑦,配飨以鲁共伯之母、黔娄之妻⑧。春秋祭之以文,其高闲如此。汾阳王难其配,以李《两京赋》视之,清明君慨然叹息曰:"可矣。"既归李,李年少谑浪,醉时微以谑语侵清明君,不悦。见其谢过,乃笑曰:"妾之天性,栖栖艺文,若欲濡首酒杯,从公颦笑间乞暖热,所谓'笾豆之事则有司存⑨'。无已,愿以黄金千斤,为公子置妾数百,以任恣讨。"汾阳王闻之也,遣人分驰四方,四方有奇女子以诗名显者,搜访殆尽。而其中曰纤纤、曰白娟、曰鹭翻、曰春荑、曰红草、曰晕儿、曰绿丝、曰碎桃,皆骨柔气清,熟于古文奇字。而纤纤善筝,白娟善歌,春荑善鉴古器、善笙,红草善弹鸟、善鼓琴,晕儿善啸,绿丝、碎桃善种花,花经二人手无不活,又善骑马。鹭翻善丹青,善舞。公子乐之以酒,酒必以诗,诗成,诸美人起而和歌,歌无杂声。其他修竹清泉,细帘嘉树,月出之时,鸟啼弦乱,相与牵衣抱袖,红白低迷。起视草头蕉叶之上,大都墨渍酒痕而已。清明君无问晴雨,每候山果新熟,则遣美人捧进公子。或书、史有奇事可读者,以彩线识之,则遣捧进公子。或成新篇,或偶得一二佳句,不忍独赏，则遣捧进公子。故美人人人得亲公子也。而清明君当其酒半，尝乘紫帷小车临焉。公子率纤纤以下，短讴长歈⑩，弹筝鼓瑟，次第上寿。酒已，则各以平日所赋诗献，清明君焚香缓坐，细加品题，稍不安者，为改点数字。每点一字，辄以一觞罚公子曰："君老于诗者也，不为美人更之，乃含糊作影子过耶？是必容香火情。"美人皆笑曰："善，诚如夫人言，是宜罚。"如此者，连罚数觞，公子竟醉矣。

公子尝游于苏州，时有新进士选名妓百人，浮于荷花荡中。众进士本措大骨相⑪，骤得此，足高志扬，毕露丑态。公子更布衣，坐小舟，往来觑之。有进士呼曰："是小船中秀才何为者？汝能饮酒乎？"曰："能。""能赋诗乎？"曰："能。"曰："若是，汝且过我。"公子岸然据其上坐，执酒卮，瞠视云霄不为礼。众进士以为狂生也。俟其酒干，欲以诗困之。及分韵，公子谢不能，曰："顷固以谩语，诳君一杯酒耳，实不晓诗为何物。"众进士顾诸妓大笑曰："吾故料狂奴未必谙此，吾辈且自作诗。"诗许久，沉吟不成一语。语出，又村鄙可笑者。乃手舞足蹈，互相传示，叹赏不已。已而悉出金玉宝器，以陈富贵。耳语诸妓曰："是秀才曾见此否？"傍有一黄衣妓者，秀质楚楚，愁态万端。公子叩之曰："吾观汝一似有忧者，汝有心事可诉我,我为汝料理不难。"一进士掀髯大言曰:"汝欲了此君心事,但恐酸秀才正自不堪。是尝负我千金,分毫无所偿,今见我,不觉敛容耳。"公子笑曰:"此细事,何足忧。"于是众进士又大笑,转以为狂生也。顷之,公子之楼船适至,鼓吹大作。公子呼进士与各妓过船,罗列食器、酒罍,皆以五色宝玉、明珠翡翠、雕镂装缀之,奇丽特甚。公子见之,斥曰:"何乃陈此俗物!"亟撤去,悉付黄衣娘子:"今日一段心事,为汝结证了也。"已,命更席,则陶觞瓦鼎,无非三代物,最近者亦秦汉铜器。隔帘女伴,隐隐作乐,曲谱俱内调,及公子新诗,人间无闻者,进士目视不敢问。使各妓拜而请诗,欲因诗尾得公子姓名。已知其为公子也,皆纷纷向前夺诗,公子令曰:"汝辈且置酒于此,若酒冷而诗不成者,罚我。诗成而酒热者,罚汝。"往往酒未及温,已摇笔满纸矣。纸尽无可奈何,乃裂帛绢。绢尽,则裂帷幕屏褥之类。又尽,则各剪裙叶,或绝长袖以进。所得片言只字,如获奇宝,贴身藏之。众进士诱之以酒,酩酊,多半窃去。妓有啼者,公子以为可怜也。公子起立,作乐女伴,乘间说之曰:"汝辈尽肯落籍从公子游乎[12]?有别院在湖山之上,门前朱楼一带,覆以垂杨,松篁中粉廊红榭,高台短桥,宜雪宜月,四面绕以梅花五六十里。深秋之际,则林枫万株,拥若霞气。枫树间有高楼,翼以堂庑。其正中以奉藏经,其两旁以贮古今异书。左有酒库,凡天下名酒无不藏。右有泉库,凡天下名泉无不具。若此者,可以休汝矣。"诸妓唯唯,乃尽从公子归。公子悉召酒人剑客,高僧道士,晓夜酣歌,沉浮此中。赋诗之暇,非细谈释部,则酬论兵符。烛尽酒空,醉而后已。宾客既散,时与绿丝、碎桃高装骏马,踏入深山中。过平原易地,着鞭夺路,抛闪如飞。树丛边听山鸟声,则命红草弹鸟,偶不中,皆拍手笑,浮以半觞。转入幽险处,美人车不得度。攀萝挽石,欲上欲下,笑啼杂出。忽到荒冈崇岭之上,天风四来,晕儿清啸一声,木叶乱舞,裙裾飘脱,步立不定。公子惧其伤也,乃徐返焉。天下闻公子名,饥寒之士,辐辏来集。候其将归,皆匍伏道左,叩头大呼曰:"非公子无以活我!"公子转盼间,赏劳都遍,日费千金,无几微颜色。

一日,就中忽有执公子衣者,曰:"愿辟人,臣有所言。公子不忆於陵时乎?汝所谓於陵陈仲子者也[13]。上帝怜汝贞苦,故今日置汝李家,涉猎世味。清明君即向时辟纑夫人耳[14]。夫日之光有短长,月之魄有死生,之福有往还,公子宜早决。且汝父邺侯,及妇翁汾阳王,皆为清微天帝君,侍汝夫妇来久矣。"言讫不见。公子大悟，以家产万亿计悉散之，与清明君入洞庭石公山修道，不知所终。后陆贽之华亭⑮，常见公子往来三泖中。

**【注释】**

①邺侯：李泌，字长源，京兆（治今陕西西安）人。博通经史，工诗文。辅佐唐玄宗、肃宗、代宗、德宗，德宗时，拜中书侍郎、平章事，封邺侯，世称李邺侯。有子李繁等。《旧唐书》《新唐书》均有传。

②两京：指长安和洛阳。安史之乱时两京被攻陷，肃宗时收复。

③未尝加点：指一气呵成，无须修改，形容才思敏捷。加点，涂上一点，表示删去。东汉祢衡《鹦鹉赋》序："衡因为赋，笔不停辍，文不加点。"

④宣劳：出力，效劳。

⑤郭汾阳：郭子仪，唐代名将，收复两京，平定安史之乱，击败吐蕃，历仕玄宗、肃宗、代宗、德宗四朝，封汾阳郡王。

⑥陶谢：陶渊明、谢灵运。

⑦舜二妃：指娥皇、女英，是舜的两位妃子，相传为尧帝二女。

⑧鲁共伯之母：疑当为鲁文伯之母。鲁文伯，春秋时期鲁国国君，其母教导以为君为人之道，事见刘向《列女传》。

黔娄之妻：《列女传》记载，春秋时期高士黔娄，贫甚，其妻勤力劳作，毫无怨言，"先生死，曾子与门人往吊之，……见先生之尸在牖下，……覆以布被，首足不尽敛。覆头则足见，覆足则头见"。曾子提议被子斜盖，黔娄之妻曰："邪而有余，不如正而不足也，先生以不邪之故，能至于此。生时不邪，死而邪之，非先生意也。"

⑨笾豆之事则有司存：出自《论语·泰伯》。笾豆之事，指祭祀、宴请之事。笾豆，均为用以祭祀和宴请的器皿。有司存，有专司其职者在。

⑩歈：歌。

⑪措大：旧指贫寒失意的读书人，语出《类说》卷四十引唐代张鷟《朝野佥载》："江陵号衣冠薮泽，人言琵琶多于饭甑，措大多于鲫鱼。"又名"醋大"。唐代苏鹗《苏氏演义》卷上："醋大者，或有抬肩拱臂，攒眉蹙目，以为姿态，如人食酸醋之貌，故谓之醋大。大者，广也，长也。篆文大字，象人之形。"

⑫落籍：旧指官妓从良，从乐籍中除名。

⑬於陵陈仲子：《史记·鲁仲连邹阳列传》："於陵子仲辞三公为人灌园。"裴骃集解："《列士传》曰：'楚於陵子仲，楚王欲以为相，而不许，为人灌园。'"於陵，治今山东邹平东南。陈仲子，又称田仲、陈仲、於陵仲子、於陵子仲，战国时期齐国思想家、隐士。

⑭辟纑夫人：指陈仲子之妻。《孟子·滕文公下》记载

陈仲子"彼身织屦，妻辟纑"。

⑮陆贽：字敬舆，唐代大臣、政治家，官至宰辅。

**【赏读】**

　　李公子，唐代名臣李泌之子，文采风流，不愿封侯，立志放情山水间。娶郭子仪之女清明君，置妾数百，诸妾各有所长。游苏州，李公子文采豪气令众进士叹服。后被点破前世今生，遂散家资，携妻入山修道。

　　本文通过李公子婉拒封侯、与诸妾诗酒歌舞、慑服众进士、为众妓落籍、醉后游山、散资入道等多个事例，采用细节描写、场面描写、语言描写、动作描写、侧面描写等多种描写手法，塑造了文采风流、豪爽放旷、不拘小节的李公子形象。于慑服众进士一节，采用先抑后扬和前后对比的手法，具有强烈的艺术效果。

　　本文作于眉公乡试落第之后，通过对新进众进士丑态的描写，抒发了眉公落第后远离俗世、归隐山林的愿望。全文叙事详略得当，描摹生动形象，语言自然流畅，人物形象栩栩如生，呼之欲出，是一篇出色的小说小品文。

## 玉峰道人传[①]

钱塘有玉峰道人者,世居吴山里,结茅山下,环侍木石。客至,弹棋赋诗,烧茗叶。间称引往事,衮衮不去口。风日清妍,敕童子负壶[②],往来湖山中,经旬忘归。归则坐卧一小阁,读三氏九流之书。性好菊,多名种。当午夜卧起,不惮风露,手灌篱落间。及秋,罗菊阁上,倾家酿,邀赏无所惜。

父母笃老殁,道人白发倚杖而号。丧葬毕,得心疾,当死者数矣。编席为龛,日夕坐不出。踵息成[③],病良已。垂髦鬖,颜如渥丹,黑毫生。行游市中,两肘如风举。与之坐,气韵沉古,疑樛松怪石[④],灵岩古洞而若有遇焉。

天性恢达,耻机事,多与少取,面数人,人不为忤。事母极孝,母嗛于侧室李[⑤],命逐之。道人怜其贤,扃李一室中,穴壁授餐三年。母大悔,召李欢如初。其仁孝多此类。

道人四十六,长子之翰殇,无嗣。期月,梦登高山可万余丈，下视奇峰胪列，上有紫芝碧草、珍禽鸟无数。入朱门，历阶上，琼宫玉几，有帝凭焉。授道人圭，拜而出，视璧门榜之翰名，已更抹去，易之惠。遂觉，呼郎母而语之曰："帝锡圭，且锡嘉名，殆举子乎？"俄举子，骇而名之，即天下所称大儒郑之惠者也。

道人曾为粤参军，再倅太仓⑥。会大征，缚剧贼梁仕兴于新宁山中⑦，赈饥活十余万人，埋俘胔骨称是。筑三水南海堤⑧，捕煮盐豪少年，却暮夜千金者二，所至檄署壮邑，使者上书最治状。比去官，父老持牛酒劳送，拥马首不得行，皆故事寮幕所无也。

道人讳炳，字文辉，于新会祀陈白沙⑨，又从甘泉湛先生游⑩，娄东与王汝中最昵⑪，故晚年著书类有道者。年八十有九，匿迹家居，不自名官人，而好山泽游，自称玉峰道人如故。

樵史曰：昔南阳冯良⑫，三十为尉，迎督邮，慨然裂衣冠，坏车杀马，遁十年不归，妻子至发丧制服，何其诡也！独龚胜为功曹⑬，三举孝廉，再为尉，一为丞，哀帝征谏议大夫，多建白，其后不食以谢新莽，忠节甚著。道人逢时能为胜，不逢时亦不为良，其古之吉人哉！之惠撰述，有《测庄》《庄砭》《老子解》及他书甚众，跽进道人，道人笑而颔之，盖父子相师友云。

【注释】

①玉峰道人:郑炳,字文辉,钱塘人,曾任广东参军、太仓州同知等职,自称玉峰道人。

②敕:古时自上告下之语。

③踵息:道家修炼的方法。《庄子·大宗师》:"真人之息以踵,众人之息以喉。"

④樛(jiū):树木向下弯曲。

⑤嗛(xián):怀恨。

⑥倅:知州的副手。太仓:今江苏太仓。

⑦新宁:今广东台山。

⑧三水:今广东佛山市三水区。

⑨陈白沙:陈献章,字公甫,新会(今广东江门市新会区)人,居白沙里,世称"白沙先生""陈白沙"。明代大儒,初从学朱熹,后继承陆九渊心学,著作被编为《白沙先生全集》。

⑩甘泉湛先生:湛若水,字元明,号甘泉,少师事陈献章,后于西樵讲舍讲学,以体验万物为心,著有《湛甘泉集》。

⑪王汝中:王畿,字汝中,山阴(今浙江绍兴)人,王守仁弟子。

⑫冯良:生活于东汉时期,志行高洁,早年为县吏,耻在厮役,坏车杀马,毁裂衣冠,弃官,从杜抚问学,十余年

乃还。

⑬龚胜：西汉时期彭城（今江苏徐州）人，字君宾，通五经，汉哀帝时先后征召为谏大夫、光禄大夫。王莽秉持朝政，龚胜归乡里。王莽称帝，征召龚胜为上卿，龚胜绝食而死。

**【赏读】**

传文写玉峰道人天性恢达、不事机巧、事母至孝，为地方官时，清正廉明，受到当地百姓拥戴。修炼踵息之法，容颜转少。与陈白沙、湛若水、王汝中等游，著书类有道者。玉峰道人既理俗务，又有道家修为。既有治世之才，又有山隐情怀。进则造福一方，退则优游山水，进退皆宜，眉公赞其为"古之吉人"。

本文仿《史记》体式，前叙事，后议论，叙事生动，议论亦颇有见地。语言简洁典雅，文笔成熟老健。写玉峰道人的踵息之法和得子之梦，于史传之中平添传奇色彩，使全文摇曳生姿，生动有趣，灵动活泼，是陈眉公人物传记的上乘之作。

## 疏蔬隐

朱亥隐于屠①，不如沈师善隐于蔬。山花野草，一经师善部署，便成蕙藉兰肴②。以此养亲，以此饴上客之食。虽五侯鲭、安成鱼③，无以过也。李赞皇一羹④，虽杂和宝石朱砂，几费万钱。东坡食王参军菜，笑云："今日与何曾同一饱⑤。"恨世无老坡。师善但向菜根窝中细吟细嚼。顷见眉道人，洗钵沦泉，作信宿谈话⑥，皆赖此蔬为之津梁。师善不恨不见老坡矣。一笑。

## 【注释】

①朱亥：战国时魏国人，隐居于大梁市屠，后经推荐，成为信陵君上宾，助信陵君退秦救赵。

②藉：垫子。

③五侯鲭：佳肴名，为西汉娄护所创。《西京杂记》卷二："五侯不相能，宾客不得来往，娄护丰辩，传食五侯间，各得其欢心，竞致奇膳。护乃合以为鲭，世称五侯鲭，以为

奇味焉。"五侯,汉成帝封母舅王谭、王根、王立、王商、王逢时五人为侯。鲭,鱼烩。安成鱼:佳肴名。

④李赞皇:李德裕,字文饶,赵郡(治今河北赵县)人,李党领袖。曾任唐武宗时宰相,进封赞皇县伯。《独异志》记载,唐武宗时,宰相李德裕以珠宝粉、雄黄、朱砂煎汁为羹,每食一杯约耗钱三万,过三煎则弃其渣。

⑤何曾:《晋书·何曾传》:"性奢豪,务在华侈,帷帐、车服,穷极绮丽,厨膳滋味,过于王者。每燕见,不食太官所设。"

⑥信宿:两夜。

## 【赏读】

沈师善隐居山中,园中种蔬,以蔬菜养亲饴客,被眉公称为"蔬隐"。师善恨无似苏东坡一样的好友共食菜蔬,只得每日"向菜根窝中细吟细嚼"。蔬隐一见陈眉公,便烹蔬做羹,相谈两夜,不复以无东坡相伴为憾。文章塑造了一位疏淡闲适,风雅有趣,以种蔬食蔬为乐的隐居者形象。语言生动风趣,颇有生活气息。

## 琴匣铭

柱以玄圃之玉①,屑以荆阳之金,其徽以翡翠之羽②,其弦以鲲鹏之筋,张以松风,鼓以秋月,匣而藏之,为据梧之南郭先生③,为无弦之柴桑靖节④,毋狎而授之于爨下之烈。

【注释】

①柱:用以系弦的琴柱。玄圃:传说中昆仑山山顶神仙居处,其中有奇花异草,多美玉。

②徽:系琴弦的绳。翡翠:鸟名,雄鸟羽毛呈红色,名"翡";雌鸟羽毛呈绿色,名"翠"。

③据梧:靠着梧几;操琴。《庄子·齐物论》:"昭文之鼓琴也,师旷之枝策也,惠子之据梧也,三子之知几乎。"成玄英疏曰:"据梧者,只是以梧几而据之谈说,犹隐几者也。"或作操琴解,陆德明《释文》:"司马云:'梧,琴也。'崔云:'琴瑟也。'"南郭先生:《庄子》中虚构的人物,《庄子·齐物论》:"南郭子綦隐几而坐。"

④无弦之柴桑靖节：《晋书·隐逸传》记载陶渊明："性不解音，而畜素琴一张，弦徽不具。每朋酒之会，则抚而和之，曰：'但识琴中趣，何劳弦上声。'"陶渊明，一名潜，私谥靖节，世称靖节先生，浔阳柴桑人。

**【赏读】**

铭是一种刻在器物上用以警诫自己、称述功德的文字，后发展成为一种文体，多用韵。本文典雅精致，用典丰赡，表现松间月下闲适优雅的情态。

## 笔筒铭

中虚外圆,避文士之笔端,吾法子以自全①。虚其心,实其腹②,德不辱。

**【注释】**
①法:效法。
②"虚其心"二句:《道德经》第三章:"虚其心,实其腹,弱其志,强其骨。"

**【赏读】**
本文短小精致,既描摹了笔筒的外观和功用,又揭示了为人处世的道理。万事万物皆蕴藏智慧,只有细心体认,才能有所悟、有所得。

# 书灯铭

武子聚萤①,孙生映雪②。雪固易消,萤亦易灭。惟此银缸,不疚其光③。黄帘绿幕④,夜永煌煌。经史在右,子集在左。如或不动,负此灯火。

**【注释】**

①武子聚萤:《晋书·车胤传》:"胤恭勤不倦,博学多通。家贫不常得油,夏月则练囊盛数十萤火以照书,以夜继日焉。"后以作勤苦攻读的典故。车胤,字武子,东晋南平人。

②孙生映雪:班固《汉书》:"孙敬字文宝,好学,晨夕不休。及至眠睡疲寝,以绳系头,悬屋梁。后为当世大儒。"

③不疚其光:指银灯之光相对于萤雪,光亮而持久。疚,愧。

④黄帘绿幕:南宋刘辰翁《虞美人》:"黄帘绿幕窗垂雾。"两宋之间张嵲《绝句》:"黄帘绿幕护轻寒,犹忆当年叩画栏。"帘幕,遮蔽门窗用的大幅帷幕。

**【赏读】**

魏晋时期傅玄《灯铭》曰:"晃晃华灯,含滋炳灵。素膏流液,元炷亭亭。丹水阳辉,飞景兰庭。"可与眉公此文对照而读。眉公之文,借囊萤映雪的典故,写银灯之光的可贵。若不读诗书,有负灯光。帘幕、诗书、银灯煌煌,几处点染,寥寥数语,意境清雅,静谧闲适,无囊萤映雪之虑,亦无俗事相扰,此情此景,正宜读书。灯下读书乃是人间之清福。

# 文章自三代而后①

文章自三代而后,秦汉最称简古。惟《治安策》《天人策》,累累凡数百万言。汉人长文章,自贾谊、董仲舒作俑始②。汉武帝束帛加璧,安车驷马迎申公③。既至,问治乱之事,申公但曰:"为治不在多言,顾力行何如耳。"《太史公序》云:"上方好文辞,见申公对,默然。"申公此时八十余,识见老成。此言不独救武帝好文辞,且欲救董、贾文章之多也。康王命毕公曰④:"辞尚体要。"上之谕俗且然,而况人臣之章奏乎?章奏至数百万言,即儒生读之,口燥舌沸而不能止,天子一日万几,其难又可知矣!武宗时,韩公文欲攻刘瑾,而属李梦阳具奏草曰⑤:"毋文,文觉弗省也。毋多,多览弗竟也。"此言极得告君之体。故观申公老人一言,觉董、贾文章,尚有少年习气。

【注释】

①文章自三代而后：题目是编者所拟。选自《狂夫之言》。

②贾谊：西汉初年文学家，洛阳（今属河南）人，少有才名。其政论文《治安策》，又名《陈政事疏》，长篇累牍，气势磅礴。董仲舒：西汉思想家、教育家，广川（治今河北景县西南）人。武帝时参加策问，连上三篇策论作答，探讨天人关系，史称《天人三策》，是政论长文。

③申公：西汉今文诗学"鲁诗学"的开创者，名培，精通《诗经》。《汉书·儒林传》记载："上使使束帛加璧，安车以蒲裹轮，驾驷迎申公，弟子二人乘轺传从。"

④毕公：姬姓，名高，周文王子，受封毕地，史称毕公高，辅佐武王、成王、康王。

⑤"韩公文"二句：明武宗时，宦官专权，户部尚书韩文令李梦阳代笔，作《代劾宦官状疏》，请求诛杀刘瑾等宦官八虎，整顿朝纲。

【赏读】

此文主要针对汉初奏章文章而言。眉公认为，贾谊《治安策》、董仲舒《天人三策》均累累万言，开汉代长文之风。夸饰辞藻、长篇累牍的风格，不适于奏章这种应用性文体。正如韩文所说：过于修饰文辞，则难以让人明晓其要义；过于拖沓冗长，则不易使人全部读完。"文"固然不可或缺，但也不能过度，过犹不及，形式与内容平衡和谐，才能使文章文质兼美。

# 天地间有一大账簿①

天地间有一大账簿,古史,旧账簿也,今史,新账簿也。人家尽有聪明俊慧子弟,父师失教,专以时文课之②,竟不知《通鉴纲目》③、二十一史为何物?所以往往有攒眉仇书之苦。若教之读史,以聪明俊慧之资,遇可喜可愕之事,则心力自然发越贯串。治乱得失,人才邪正,是非之源流,与财赋、兵刑、礼乐制度沿革之本末,则眼力自然高明。以古人印证今人,以古方参治今病,则胆力自然稳实。晓畅大局面、大机括、大议论、大文章,则笔力自然宏达。今子弟史学一切废阁,其有质者,反教之读子书佛书,即粗粗问他作子书佛书者之姓名出处,已茫然不晓,况能得子佛之精髓乎?余尝语子弟,无论纲目、二十一史,即一部《通鉴》,乃是万卷书之关津。若未曾过得此关,则他书必无别路可入。或读之而不能解,解之而不能竟,竟之而不能彻首彻尾者,皆坐史不熟也。此旧账簿不可无也。内外有司,各有职守,而文官独若无所事事。宜遵祖宗法，敕令修撰编修检讨番直史馆，编纪时政。各管一类，据事直书，不须立论褒贬。仍于纸尾书某官某人记之，藏之匮椟，以待纂述。庶因纪录之间，亦得练习政事。他日任用，不致杜撰卤莽。是于修职之中，寓养才之意。若谓馆局储养异才，不烦以语言文字，则未免以光阴志气，掷于交际诗酒之间。即有意讲求故典者，恐同侪猜异，只得随行逐队，而不敢周咨天下之务。及至团局修史，亦不过掇拾完书，无暇聚头磕膝，仔细讨论。宰相须用读书人，竟成虚语。此新账簿不可无也。又有讲学老先生，专意六经，而以读史为玩物丧志，亦恐非得中之论。昔伊川先生④，几案间无他帙，惟印行《唐鉴》一部⑤。朱晦庵先生云⑥：病中信手乱抽，得《通鉴》一两卷看，正值难处置处，不觉骨寒毛耸，心胆堕地。向来只作文字看过，全不自觉，真是枉读了他古人书。前辈何尝不留心史学？今史官不编史，子弟不读史，新账簿旧账簿皆置之高阁，岂不可叹！夫未出仕是算账簿的人，既出仕是管账簿的人，史官是写账簿的人。写得明白，算得明白，管得明白，而天下国家事瞭若指掌矣！故曰："史者，天地间一大账簿也。"

**【注释】**

①天地间有一大账簿:题目是编者所拟。选自《狂夫之言》。

②时文:旧时对科举应试文体的通称,明清时特指八股文。

③《通鉴纲目》:南宋朱熹撰,五十九卷,序例一卷。朱熹据司马光《资治通鉴》《举要历》和胡安国《举要补遗》等书,简化内容,编为纲目。纲为提要,模仿《春秋》;目以叙事,模仿《左传》,用意在于用春秋笔法"辨名分,正纲常"。

④伊川先生:程颐,字正叔,北宋理学家、教育家,洛阳(今属河南)人,人称"伊川先生",与兄程颢合称"二程"。

⑤《唐鉴》:北宋范祖禹撰。司马光奉诏修《通鉴》,范祖禹分掌唐史,著成此书。上自高祖,下迄昭宣,为卷十二。后吕祖谦为之作注,分为二十四卷。

⑥朱晦庵先生:朱熹,字元晦,又字仲晦,号晦庵,后世称"朱文公"。宋代理学家、教育家,闽学派的代表人物,儒学集大成者,世称"朱子"。

**【赏读】**

　　本文论述读史的重要性。读旧史可使人心力发越贯串，眼力高明，胆力稳实，笔力宏达。编撰新史则可使史官涵养才情，练习时政。史是天地间一大账簿，把账簿写明白、算明白、管明白，才能对天下国家大事了如指掌。史是万卷书之关津，"若未曾过得此关，则他书必无别路可入"。读史并非最终目的，而是通过读史深入万卷书林之中，广泛观览，增长学识，修养身心。《明史·隐逸传》记载陈眉公先生："博文强识，经史诸子、术伎稗官与二氏家言，靡不较核。"本文中对明末时"史官不编史，子弟不读史"的社会现象深感叹惋，同时，关于史学的独到见解对当今读书做学问也很有启发和教育意义。

# 论事父母①

往顾泾阳泾凡两兄弟②,与余同舟至樵李③。因论"事亲若曾子可也④",何义?余曰:"此句真精神在《大学》,如保赤子,心诚求之。"又问曰:"此又是何义?"余曰:"大约父母之于赤子,无有一件不可志的。人子报父母,却只养口体,此心何安?即如曾子之养曾皙,比之三家村老妪养儿⑤,十分中尚不及一。所以仅称得个可字。今人不必远法曾参,但去取法三家村老妪养儿,自然事父母不敢在口体上塞责矣!"

**【注释】**

①论事父母:题目是编者所拟。选自《狂夫之言》。

②泾阳泾凡:顾宪成,字叔时,号泾阳,明代思想家,因重建东林书院,世称"东林先生"。顾允成,字季时,号泾凡,顾宪成之弟,"东林八君子"之一。

③樵(zuì)李:古地名,在今浙江嘉兴市西南。

④事亲若曾子可也:《孟子·离娄上》:"曾子养曾皙,

必有酒肉。将彻，必请所与；问有余，必曰'有'。曾晳死，曾元养曾子，必有酒肉。将彻，不请所与；问有余，曰'亡矣'，将以复进也。此所谓养口体者也。若曾子，则可谓养志也。事亲若曾子者，可也。"

⑤三家村：人烟稀少、偏僻的小乡村。

**【赏读】**

曾参奉养父亲曾晳，每顿饭必有酒肉，撤下时，曾参必定问父亲剩饭给谁。曾晳若问是否有剩余，曾参必定回答"有"。曾元奉养父亲曾参，也是每顿饭必有酒肉，撤下时，不问剩饭给谁。曾参若问是否有剩余，便说"没有"。曾元只是想把留下的预备以后进用。曾元奉养父亲，是口体之养。曾参奉养父亲，能考虑到父亲的心理意志。孟子认为，侍亲若像曾参，才算得上可以。眉公则认为，曾参奉养曾晳，比偏僻小乡村老太太养儿子差远了。父母养育子女，无时无处不考虑子女的意志，而子女奉养父母，却大多只养口体，像曾参这样奉养父亲的，也只能算勉强及格而已。西汉桓宽《盐铁论·孝养》："故上孝养志，其次养色，其次养体。""谁言寸草心，报得三春晖"，父母养育子女无不尽心竭力，而子女奉养父母却不及其十分之一，岂不愧哉！

## 杀之三,宥之三[①]

东坡《刑赏忠厚之至论》云:杀之三,宥之三[②]。欧阳公问其出处。东坡曰:"想当然耳!"余观《曲礼》有云:"公族无宫刑,狱成。有司谳于公,……公曰宥之,有司又曰在辟,……及三宥不对,走出,致刑于甸人[③]。"乃知东坡之论,原有本耳!想主司偶忘之,而东坡又不敢辄拈出处以对,故漫应如此。不惟待前辈之道宜然,亦可省露才扬己之一病也。

**【注释】**

①杀之三,宥之三:题目是编者所拟。选自《狂夫之言》。

②《刑赏忠厚之至论》:苏轼于宋仁宗嘉祐二年(1057)应礼部试的策论。文章以忠厚立论,援引古代仁人施行刑赏忠厚文本的范例,阐发儒家仁政思想。主考官欧阳修认为此文脱尽五代宋初以来的浮靡晦涩之风,赞赏有加。文中有"当尧之时,皋陶为士。将杀人,皋陶曰'杀之'三,尧曰

'宥之'三。故天下畏皋陶执法之坚，而乐尧用刑之宽"。

③《曲礼》：《礼记》中的两篇，言"三宥"句出自《曲礼》，疑误。出自《礼记·文王世子》。

## 【赏读】

《狂夫之言》有《丛书集成初编》本，据《宝颜堂秘笈》本排印。《四库提要》评论曰："书中杂论古今得失，才辩亦颇纵横，而见地多失之偏矫。"

本文通过一个小小的事例，说明为人处世之道。主考官欧阳修问起苏轼试策中典故的出处，苏轼漫应之曰："想当然耳！"眉公推测，此典出自《礼记》，并非偏僻，欧阳修应该知晓，只是偶尔忘却而已。而东坡先生却并未如实应对，一是考虑到为尊者讳，避免前辈尴尬。二是低调内敛，不扬才露己。为人为己，东坡的反应都是恰如其分，自然得体。其实，看似为他人着想，最终成就的何尝不是自己。日常待人接物的小事最能体现个人的修养和智慧，日常小事也是修炼自身的磨刀石。平常即是修身，修身即是平常，做好平常事就是最好的修行。

# 刻画古人①

唐文皇以《兰亭》赐欧、虞、褚、薛摹之②,四公无一笔似《兰亭》者,而结法自合。盖纵肖亦是右军以后第二人耳。李于鳞摹古乐府③,至更其句法,以为不被古人所困。然读其《易水》《垓下》二歌,其果与荆卿、项王合否?余尝谓刻画古人,是后生第一病。武陵桃花,惟许渔郎问津一次,再迹之便成村巷矣。禅家公案亦然,不独诗文也。

**【注释】**

①刻画古人:题目是编者所拟。选自《狂夫之言》。

②唐文皇:即唐太宗李世民,谥号"文武大圣大广孝皇帝"。欧:即欧阳询,字信本。虞:即虞世南,字伯施。褚:即褚遂良,字登善。薛:即薛稷,字嗣通。欧、虞、褚、薛,初唐四大书法家。

③李于鳞:李攀龙,字于鳞,号沧溟,历城(今山东济南)人,明代文学家,为"后七子"的领袖人物,被尊为

"宗工巨匠"。

**【赏读】**

唐太宗让欧阳询、虞世南、褚遂良、薛稷四位书法家摹写王羲之《兰亭序》，结果四人无一笔似《兰亭》。眉公反对模仿古人，指出"刻画古人，是后生第一病"。吴昌硕先生曾言："学我，不能全像我。化我者生，破我者进，似我者死。"齐白石先生亦言："学我者生，似我者死。"艺术创作皆如此。继承传统文化，并非一味模仿，更不是全套照搬，而是汲取其中精华，结合时代特点，进行创新，发扬光大，使其更加光华璀璨。

# 知希则贵[①]

知希则贵,身隐焉文。虽差树遁世之藩篱,亦半立藏拙之门户。既为男子,忍与草木俱灰。露尽英雄,乃以神仙退步。我思古人,得四先生焉,各系以赞。

越大夫范少伯蠡赞云[②]:劲吴死,残越生。装西子,浮海行。耕于齐,为上卿。贾于陶,散千金。出见奇,徒成名。鸱夷子,何童心。

周处士鲁仲连赞云[③]:喜高节,嗜奇策。挫秦帝,解齐厄。掉富贵,若云烟。鸿冥冥,何慕焉。我执鞭,鲁仲连。

韩义士张子房良赞云[④]:秦之鹿,椎其足。楚之猴,烹其头。汉之马,得天下。帝借公,公借帝。为韩来,报韩去。前黄石,后赤松。张子房,真英雄。

唐邺侯李长源泌赞云[⑤]:辟五谷,相三帝。寝对榻,出联辔。九仙骨,一品衣。功太高,迹太奇。如龙见,如龙潜。吾师乎,李长源。

**【注释】**

①知希则贵：题目是编者所拟。选自《狂夫之言》。

②范少伯蠡：范蠡，字少伯。《史记·越王勾践世家》记载，范蠡辅佐勾践灭吴后，"浮海出齐，变姓名，自谓鸱夷子皮，耕于海畔，苦身戮力，父子治产。居无几何，致产数十万。齐人闻其贤，以为相。……乃归相印，尽散其财。……间行以去，止于陶。……居无何，则致赀累巨万。天下称陶朱公"。

③鲁仲连：战国时齐国高士，擅长奇策，不肯仕宦。秦围赵，赵急，欲尊秦为帝。鲁仲连游说赵平原君，陈说利害。赵不复帝秦，秦退。平原君欲封赏鲁仲连，鲁仲连辞让再三，终不肯受。其后二十余年，燕将据聊城，鲁仲连助齐将田单攻破聊城，不受爵，隐于海上。事见《史记·鲁仲连邹阳列传》。

④张子房良：张良，字子房，先世原为韩贵族，秦灭韩后，张良结交刺客，于博浪沙狙击秦始皇车驾，误中副车。后得黄石公所赠兵书，追随刘邦，灭楚兴汉，封留侯，功成身退，曰："愿弃人间事，欲从赤松子游耳。"事见《史记·留侯世家》。

⑤李长源泌：李泌，字长源，唐代中兴名臣，历仕玄宗、肃宗、代宗、德宗四朝，与肃宗出则联辔，寝则对榻。贞元中，拜中书侍郎、平章事，封邺侯。博学，善晓《周

易》,常游嵩、华、终南间,慕神仙道术。事见《旧唐书》《新唐书》。

## 【赏读】

眉公赞赏的四位先生均"露尽英雄,乃以神仙退步",既成经时济世之伟业,又有功成身退之胸怀。范蠡助越灭吴,扁舟归隐。鲁仲连两建奇功,不受爵禄而退。张良灭楚兴汉,追随赤松子。李泌中兴名臣,常慕神仙之道。"永忆江湖归白发,欲回天地入扁舟"是古代多少仁人志士的人生规划和远大理想,然而,真正能够圆满实现的却寥寥无几,或功成而身不得退,或功不成而只得退,或功不成而身亦不得退。如此看来,四先生实在令人叹羡感佩。本文语言简洁洗练,风格典雅精致。

# 热审[1]

余二十年前,阎蓬头爱余,谓可学道。令读许真君《太阳元精论》[2],自是即大暑辄能坐卧赤日中。年来懒习此法,颇以炎蒸为苦,即敞堂匡池、高梧修竹,阴映翳然,往往移榻卷箪[3],迁徙不常,如绝无养者,内甚愧之。因思此时田野耕耘,道途推挽,老病呻吟,衣食奔走,其匍匐昏仆,状殆不可言。又思狱中人无宽间澡浴之乐,而但增秽杂疫痢之苦。转视此等,又如天上人耳!京师辇毂之下,每年奉旨热审,其余两直十三省未有请而行之者。若得仁人君子上疏奏请,定为永例。或不然,辅臣与廷尉司寇议之,部寺牒抚按,抚按牒郡县,择其末灭之罪,清理一番,其重囚在系者,务遣的当幕官,严督狱卒,洒扫囹圄,洗涤枷杻,以广圣天子好生之仁。暑月中听民务农,无得滥受状词,无得轻率羁候,不时吊取监簿,查考囚数多寡,以为治状高下,务使眼前火坑化作清凉世界。此只在当路者念头动,舌头动,笔头动,一霎时耳!

若辅臣不可必,廷尉司寇得为之。廷尉司寇不可必,抚按得为之。抚按不可必,郡县得为之。但早一日则一日之甘露也,行一方则一方之甘露也。推而至于两直各省,在在皆然,则普天之甘露也。至于十月刑决以后,一阳初生,阴气尚肃,饥寒交割,尤为可怜。更得仁人君子怜而并请之,或当路者先期牒下如热审之例。则一冬一夏,两沾圣恩,功德何可量哉!余尝叹天地间杀人最多者有三件:曰死于刑,死于兵,死于岁。会与包羽明集古来为吏不酷者数卷,为将不残者数卷,救荒不倦者数卷,总题之曰《种德录》,以藏于家。

## 【注释】

①热审:题目是编者所拟。选自《狂夫之言》。明时规定每年小满后十日起,至立秋前一日止,因天气炎热,凡流徙、笞杖,例从减等处理,称为"热审"。参阅《明史·刑法志》。

②许真君《太阳元精论》:传为许逊作品。许逊,东晋道士,曾任旌阳县令,世称许旌阳,后弃官周游。宋时,被封为"神功妙济真君",称许真君。《许真君石函记》二卷,传说许逊所撰,《太阳元精论》是其中一篇。

③簟(diàn):竹席。

**【赏读】**

夏日酷暑,眉公以炎蒸为苦,由此想到田野农人、行路之人、老病之人、狱中之人,更是苦不堪言。于是提到朝廷的热审制度,京师每年奉旨热审,而其余地方少有施行者。眉公建议,仁人君子应上疏奏请,使朝廷将热审定为永例,能早一日是一日,能施行一方是一方,使炎炎夏日化为清凉世界。同时建议,当饥寒交迫的冬季,亦应如热审之例,由朝廷对困苦之人进行抚慰救济。如此,一冬一夏,百姓两承圣恩,功德不可限量。眉公与朋友搜集古来"为吏不酷者""为将不残者"和"救荒不倦者",编纂成册,亦是功德一件。

"老吾老,以及人之老;幼吾幼,以及人之幼",杜甫贫寒之时,想到的是"安得广厦千万间,大庇天下寒士俱欢颜";白居易严冬之日穿上新制的布裘,想到的是"安得万里裘,盖裹周四垠。稳暖皆如我,天下无寒人"。眉公与此二公皆有"丈夫贵兼济,岂独善一身"的大德仁心和宽广胸怀。

# 南齐江泌食菜不食心①

南齐江泌食菜不食心,以有生意,唯食老叶而已。宋高颐有所乘马老②,以糜饲之。曹彬每冬月③,禁勿修葺墙壁,谓瓦石间百虫所蛰,动之恐伤其生。伊川在经筵④,见哲宗盥漱喷水避蚁。夫王侯将相犹仁心不杀如此,今人驱役奴隶,远致异品,既饱则扬扬自得,少不如意,则怒骂庖者。染习成俗,见闻久惯,以为饮食合当如此,而不以为怪。夫贪生畏死,人物同也。爱恋亲属,人物同也。所以不同者,人有智,物则无智,人能言,物则不能言耳。哀哉!

【注释】

①南齐江泌食菜不食心:题目是编者所拟。选自《读书镜》。江泌,字士清,南齐人,性行仁义,"遇鲑不忍食,食菜不食心,以其有生意也"。事见《南齐书》。

②高颐(dí):字子奇,北宋人。《宋史·文苑二》载其传曰:"所乘老马,以糜饲之。仆夫年七十,待之如初,时

称其长者。"

③曹彬：字国华，北宋名将，自称未尝以私喜怒辄戮一人。"其所居堂屋敝，子弟请加修葺，公曰：'时方大冬，百虫所蛰，不可伤其生。'其仁心爱物盖如此。"事见元张光祖编《言行龟鉴》。

④伊川：程颐，字正叔，北宋理学家、教育家，洛阳（今属河南）人，人称"伊川先生"。

## 【赏读】

《四库提要》评《读书镜》云："是书乃所作史论，或一人递举数事，或一事历举数人，而以己意折衷其间，欲使学者得以古证今，通达世事，故以镜为名。"

本文首先列举古代王侯将相的仁心爱物之举，进而与此对比，指出时人不当不仁的行为：驱役奴仆，从远方运送山珍海味、珍禽异兽，供其食用，烹制稍不如意，就怒斥厨师。此举不仅徒役人夫，劳民伤财，而且伤害生灵以满足口腹之欲，实在无仁慈悲悯之心。庄子曰："天地与我并生，万物与我为一"，贪生畏死，爱恋亲属，物我皆同，由己及彼，何忍杀生。文中言"所以不同者，人有智，物则无智，人能言，物则不能言耳"。或许，万物皆有智，亦皆能言，只是其智其言，人类不能通晓而已。

## 李沆为丞相[1]

李沆为丞相,秉政日,狂生扣马献书,历诋其短,公逊谢,曰:"俟归详览。"生讪怒,随马后肆言曰:"居大位而不能康济天下,又不能引退以谢人言,久妨贤路,宁无愧乎?"公于马上踧踖再三,曰:"某屡求退,奈上未允,不敢去耳。"终无忤意。富弼[2],字彦国,少有骂者如不闻,人曰:"骂汝。"彦国曰:"恐骂他人。"又曰:"呼姓名而骂,岂骂他人?"彦国曰:"天下无同姓名者乎?"告者大惭。及为相,尝语子孙曰:"忍之一字,众妙之门。睦族处事,尤为先务。若清俭之外,更加一忍,则何事不便。"夫朝廷用人,专论才德,而独于辅臣,又责以相度二字。盖相,地道也,妇道也。地欲耐物,妇欲耐家。不然,佛氏所谓虾蟆禅[3],一跳即倒耳。

**【注释】**

①李沆(hàng)为丞相:题目是编者所拟。选自《读

书镜》。李沆,字太初,北宋宰相,气度宏远,忠诚淳厚,廉洁寡言,与王旦、钱若水同在丙寅年出生,同任翰林学士,时人称为"丙寅三学士"。辅助宋真宗成就"咸平之治",绘像昭勋阁。

②富弼:字彦国,洛阳(今属河南)人,北宋宰相,少有才名,恭敬勤俭,两盟契丹,推行庆历新政,范仲淹称其有"王佐之才"。

③虾蟆禅:佛学术语,禅林用语。贬指凝滞一边而不能自在活用之禅者。丁福保《佛学大辞典》:"虾蟆唯解一跳,不解他术。以喻认一知半解为是,而不通于他之不活脱不自由之死禅。"

## 【赏读】

俗语云"宰相肚里能撑船",意谓宰相必须有度量。李沆遇狂生言语诋侮,始终无忤怒之色。富弼听闻有骂己者,置若罔闻。二人皆能忍辱。忍可分假忍与真忍。忍气吞声,隐忍不发,表面风平浪静,内心却波涛汹涌,甚而怀恨在心,此是假忍,无助于事情的解决,也给自己造成身心伤害。面对谤辱,心中坦然,无怨无恨,此是真忍。真忍需要通过不断提升自身修为才能达到。

# 吐谷浑阿柴[①]

吐谷浑阿柴,有子二十人。疾病,命诸子各献一箭。取一箭授其弟慕利延,使折之,利延折之。又取十九箭,使折之,利延不能折。阿柴喻之曰:"汝曹知之乎?孤则易折,众所难摧。勠力同心,社稷可固。"言毕而卒。袁绍遣人招张绣[②],并与贾诩书结好[③]。绣欲许之。贾诩于绣坐上显谓绍使曰:"归谢袁本初,兄弟不能相容,而能容天下士乎?"绍二子谭、尚俱未立,绍卒,二子治兵相攻。王修谓谭曰:"兄弟者,手足也。譬人将斗而断其右臂,曰我必胜,可乎?"二子不从,卒为操所灭。法昭禅师偈云[④]:"同气连枝各自荣,些些言语莫伤情。一回相见一回老,能得几时为弟兄。"古人谓人伦有五,而兄弟相处之日最长。君臣遇合,朋友会萃,久速固难必也。父生子,妻配夫,其蚤者皆以二十岁为率。惟兄弟或一二年、四三年相继而生,自竹马游戏,以至鲐背鹤发,其相与周旋,多至七八十年之久,恩义浃洽,猜忌不生,其乐宁有涯哉！乃有不相往来，不通耗问，遇于途则耻下车，阋于墙则思角讼⑤。结异姓为兄弟，迎谀夫为上宾。家众操戈，野鬼瞰室。此非佛经所谓第一颠倒相者乎？

## 【注释】

①吐谷浑阿柴：题目是编者所拟。选自《读书镜》。吐谷浑，亦称吐浑，中国古代西北少数民族所建国国名，本为辽东鲜卑慕容部的一支。阿柴是吐谷浑的国王，"阿柴折箭"见《魏书》。

②袁绍：字本初，汝南汝阳（今河南商水西北）人，出身四世三公世家望族。东汉末，召集诸侯讨伐董卓，后割据冀州，攻灭公孙瓒，官渡败北，与弟袁术不睦。袁绍去世后，其子袁谭、袁尚互相攻伐，后被曹操所灭。张绣：东汉末群雄之一，先后与刘表、曹操联合，官至破羌将军。

③贾诩：字文和，先后追随董卓、张绣，后劝张绣归顺曹操，成为曹魏开国功臣。

④法昭禅师：唐德宗时禅师，工行书。

⑤阋于墙则思角讼：《诗经·小雅·常棣》："兄弟阋于墙，外御其务。"意即兄弟之间虽有争论分歧，但若有外来者入侵，还能一致对外。此处专指兄弟之间不团结。

## 【赏读】

吐谷浑国王临终前以折箭为喻,告诫子弟:"孤则易折,众所难摧。勠力同心,社稷可固。"袁绍派人招降张绣,被张绣谋士贾诩拒绝,他认为袁绍兄弟之间尚且不能相容,更不能容天下之士。袁绍去世后,其子袁谭、袁尚又互相攻伐,终为曹操所灭。眉公认为,兄弟之间同气连枝,且五伦(君臣、父子、夫妻、兄弟、朋友)之中,弟兄相处时日最长。从幼年游戏,至于鲐背鹤发,相处可达七八十年之久。而世人却有置兄弟而不问,不相往来,不问音讯,或结异姓为兄弟,岂不颠倒。

本文以吐谷浑国王与袁绍为例,一正一反,从事例上论述兄弟团结的重要性。又引法昭禅师的偈子,从理论上阐明兄弟情谊的珍贵难得。有事例有理论,有说理有情感,谆谆教导,声闻于耳,兄弟之情岂可不加珍惜!

# 张子房欲辞封爵<sup>①</sup>

张子房欲辞封爵,第曰:"昔与陛下遇于留,封臣留侯足矣。"薛包与子弟分产<sup>②</sup>,奴婢引其老者,曰:"与我共事久,若不能使也。"田庐取其荒顿者,曰:"吾少时所理,意所恋也。"器物取朽败者,曰:"吾素所服食,身口所安也。"夫谢赏则辞尊居卑,逊产则舍肥就瘠,犹且委曲其词,名迹俱掩,不惟使让者无名,且使受者无愧。古人至德如此。

## 【注释】

①张子房欲辞封爵:题目是编者所拟。选自《读书镜》。张子房,即张良,字子房,先世原为韩贵族,秦灭韩后,追随刘邦,灭楚兴汉,封留侯。《史记·留侯世家》记载:"汉六年正月,封功臣。良未尝有战斗功,高帝曰:'运筹策帷帐中,决胜千里外,子房功也。自择齐三万户。'良曰:'始臣起下邳,与上会留,此天以臣授陛下。陛下用臣计,幸而时中,臣愿封留足矣,不敢当三万户。'乃封张良为留侯,

与萧何等俱封。"

②薛包：东汉汝南人，以孝友闻名，孝敬继母，善待诸弟。诸弟分产异居，薛包将家财按股划分，薄田敝器老奴婢，全部划到自己名下。后来诸弟破产，薛包又赈济他们，人称孝友。事见《后汉书》。

## 【赏读】

谢赏逊产，是谓有德；使让者无名，受者无愧，方为至德。张子房辞谢封爵时，找了一个非常恰当的托词，因与高祖初见于留，故愿意封留足矣，不敢当三万户，委婉地辞大就小，使高祖心悦诚服，也使其他大臣安然接受各自的封赏。薛包分配家产时，薄田敝器老奴婢，全部划到自己名下，不标榜自己大义谦让，却说自己念旧，舍不得老奴婢、旧器物，使诸弟安然接受各自所分的家产。张子房、薛包有谢赏逊产之德而不居德，真正有德行的人，不会总将德行挂在嘴上，也不会故意彰显自己有德。

# 邵伯温少时①

邵伯温少时，读《文中子》，至"使诸葛武侯无死，礼乐其有兴乎？"因著论，以谓武侯霸者之佐，恐于礼乐未能兴也。康节先生见之②，怒曰："汝如武侯，犹不可妄论，况万万相远乎？以武侯之贤，安知不能兴礼乐也？"伯温自此于先达不敢妄论。刘壮舆尝摘欧阳公《五代史》之讹误为纠缪③，以示东坡，东坡曰："往岁欧阳公著此书初成，王荆公谓余曰：'欧阳公修《五代史》，而不修《三国志》，非也。子盍为之？'余固辞不敢当。夫为史者，网罗数十百年之事，以成一书，其间岂能无小得失？余所以不敢当荆公之托者，正畏如公之徒掇拾其后耳。"余闻之师云："未读尽天下书，不可轻议古人。"然余谓真能读尽天下书者，益知古人不可轻议。后生哓哓④，只为不遇苏邵两先生垆埵，然究竟坐胸中书少耳。

【注释】

①邵伯温少时：题目是编者所拟。选自《读书镜》。邵伯温，字子文，洛阳人，邵雍之子。

②康节先生：邵雍，字尧夫，谥号康节，北宋理学家，创"先天学"。

③刘壮舆：刘羲仲，字壮舆，刘涣之孙，刘恕之子，此三人史有"高安三刘"之称。《五代史》：北宋欧阳修撰，原名《五代史记》，后世为区别于薛居正的官修五代史，称其为《新五代史》。

④哓哓（xiāo）：吵嚷；唠叨。

【赏读】

邵伯温读书时著文议论诸葛武侯，受到父亲邵雍斥责。刘壮舆读欧阳修《新五代史》，摘选书中讹误以示苏东坡，东坡先生不赞成这种做法，说王安石曾建议他修三国历史，被东坡先生婉拒。东坡先生认为，著史者有小失误也是正常的，害怕有像刘壮舆者专纠前人谬误。眉公则认为，轻议古人，妄议古人，归根结底是读书太少的缘故。清初学者叶燮在《原诗》中提到一种"俗儒"，专好拾小遗大，璧中寻瑕，其目的不过是"炫其长，以鸣于世"而已。若读书专挑别人的瑕疵，于己又有何益？多看别人的长处，读书才会有所增益。

# 李德裕平泉山居①

李德裕平泉山居，戒子孙云："吾百年之后，为权势所夺，则以先人所命，泣而告之，此吾志也。"后经世变，余胤竟不能守，花卉芜绝，怪石名品，俱为洛城有力取去。记所云者，只足贻达人笑。范文正公在杭州时②，子弟以公有退志，乘间请治第洛阳，树园圃以为逸老地。公曰："人苟有道义之乐，形骸可外，况吾屋也。吾今年逾六十，来日无几，乃谋治第树圃，顾何时而居乎？吾之所患，在位高而难退，不患退而无居也。居固易得，西都士大夫园林相望，为主人者莫得常游，而谁独障吾游者，岂有诸己而后为乐耶？"张叔夏过钱塘西湖庆乐园③，赋《高阳台》，词序云："庆乐园，韩平原之南园也④。戊寅岁过之，但有碑石在荆棘中耳。"词云："古木迷鸦，虚堂起燕，欢游转眼惊心。南圃东窗，酸风扫尽芳尘。鬟貂飞入平原草，最可怜、浑是秋阴。夜沉沉，不信归魂，不到花深。吹箫踏叶幽寻去，任船依断石，袖裹寒云。老桂悬香，珊瑚碎击无声。故园已是愁如许。抚残碑，却又伤今。更关情，秋水人家，斜照西林。"嘻！读叔夏词，要知有园者，仍未尝有园。读文正语，要知无园者，仍未尝无园。如李卫公平泉痴泪，正不必如霰矣。故王珣舍虎丘为院⑤，王维舍辋川为守寺⑥，真可谓具身后眼者。

【注释】

①李德裕平泉山居：题目是编者所拟。选自《读书镜》。李德裕，字文饶，唐代宰相，辅佐唐武宗，反击回纥，平定泽潞，裁汰冗官，抑制宦官。平泉山居，即平泉庄，故址在今河南洛阳南三十里，李德裕于开成元年（836）除太子宾客分司东都，寓居于此。

②范文正公：范仲淹，字希文，苏州吴县人，北宋思想家、政治家、文学家，谥号文正。

③张叔夏：张炎，字叔夏，号玉田，临安（今浙江杭州）人，南宋著名词人，著有《山中白云》。

④韩平原：韩侂胄，字节夫，宋宁宗时权位居左右丞相之上。力主北伐抗金，封爵平原郡王，世称韩平原。前句之庆乐园，故址位于今杭州西湖，本为南宋皇家苑囿，后被赐予韩侂胄，韩侂胄加以修缮，更名为南园。

⑤王珣：字元琳，琅邪临沂人，东晋司徒，书法家，与弟王珉于苏州虎丘建造别墅。咸和二年（327），王氏兄弟舍

宅为寺，名虎丘寺，唐时改为报恩寺。

⑥王维：字摩诘，世称王右丞，盛唐著名诗人。辋川别业故址位于今陕西蓝田西南，是王维在辋川山庄的基础上营造的园林。王维母亲去世后，王维将辋川别业表为寺庙，藏母亲灵柩于其西侧，并于上奏表文《请施庄为寺表》中说："伏乞施此庄为一小寺，兼望抽诸寺名行僧七人，精勤禅诵，斋戒住持。"

## 【赏读】

李德裕平原山居、韩侂胄南园，皆荒芜败落，如二公者，拥有私家园林，生前未必得园林之趣，身后子孙亦不能守。唯范文正公，不置园囿，得以游览诸士大夫园林，反得园林悠游之乐。正如眉公所言："有园者，仍未尝有园"，"无园者，仍未尝无园"。王珣、王维舍私宅而为寺院，终知园林非私物。世间万物均为公器，皆非私有。不可长久占有，只可游赏其间，取之不尽，用之不竭。正如东坡先生《前赤壁赋》中所说："且夫天地之间，物各有主，苟非吾之所有，虽一毫而莫取。惟江上之清风，与山间之明月，耳得之而为声，目遇之而成色，取之无禁，用之不竭，是造物者之无尽藏也，而吾与子之所共适。"

# 王太尉问眉子①

王太尉问眉子云:"汝叔澄名士,何以不相推重?"眉子曰:"何有名士终日妄语?"黄庭坚鲁直作艳语②,人争传之,秀铁面呵之曰③:"翰墨之妙,甘施于此乎?"鲁直笑曰:"又当置我于马腹耶?"秀曰:"汝以艳语动天下人淫心,不止马腹,正恐生泥犁中耳④。"夫吾辈戒口头妄语易,戒笔头艳语难。直至两处皆刊削得去,方是打成一片的三针人也。

**【注释】**

①王太尉问眉子:题目是编者所拟。选自《读书镜》。王太尉,王衍,王玄之父,字夷甫,西晋大臣,喜谈老庄,曾任太尉等。眉子,即王玄,字眉子,王衍的儿子。他的叔父王澄,字平子,以善于品评人物知名于世。

②黄庭坚鲁直:黄庭坚,字鲁直,号山谷道人,洪州分宁(今江西修水)人,北宋文学家、书法家,江西诗派开山之祖,"苏门四学士"之一。

③秀：北宋东京法云寺法秀圆通禅师，俗姓辛，秦州陇城人，神宗赐号圆通。北宋惠洪《禅林僧宝传》："李公麟伯时工画马，不减韩幹。秀呵之曰：'汝士大夫以画名，矧又画马期人跨，以为得妙。妙入马腹中，亦足惧。'伯时舋是绝笔。秀劝画观音像，以赎其过。"

④泥犁：佛经中所说的地狱，用以惩罚有罪之人。

## 【赏读】

王澄因终日妄语，被侄子王玄看轻，认为并非真名士。黄庭坚因作艳语，被秀禅师警告、斥责，认为是造恶业。口头妄语，笔头艳语，皆摇惑人心，不可不慎。妄语艳语，其根源在于自心。端正自心，方可戒之。

# 卫兹弱冠①

卫兹弱冠,与同郡文生俱称盛德②。郭林宗与二人共至市③。子许买物,随价仇直。文生訾呵,减价乃取。林宗曰:"子许少欲,文生多情。此二人非徒兄弟,乃父子也。"后文生以秽货见捐,兹以烈节垂名。雪峰、岩头、钦山④,自湘中如江南。至新吴山之下,钦山濯足涧侧,见菜叶而喜,指以谓二人曰:"此山必有道人,可沿流寻之。"雪峰恚曰:"汝智眼太浊,他日如何辨人?彼不惜福如此,住山何为哉!"后入山,果无名衲。大抵情为欲根,俭为福本。有多情之文生,必不能为一掷百万之刘毅⑤。有惜福之雪峰,然后能为竹头木屑之陶荆州⑥。

【注释】

①卫兹弱冠:题目是编者所拟。选自《读书镜》。卫兹,字子许,东汉末年陈留(今属河南开封)人,有大节。董卓作乱,汉室倾荡,卫兹以家财资助曹操起兵,讨伐董卓。战

于荥阳,力战而卒。后曹操每至,必遣使祭祀。事见《三国志·魏书·武帝纪》。

②盛德:崇高的品德。

③郭林宗:郭泰,字林宗,太原界休(今山西介休东南)人,东汉名士,人称"有道先生",与春秋晋国介子推、宋相文彦博合称"介休三贤"。

④雪峰:即雪峰义存禅师,唐代僧人,法号义存,雪峰是其所居山名,本名曾勉,生于泉州。岩头:即岩头全奯禅师,唐代僧人,泉州人。钦山:即钦山文邃禅师,唐代僧人,福州人。

⑤刘毅:《宋书·武帝本纪上》:"刘毅家无担石之储,摴蒲一掷百万。"

⑥陶荆州:陶侃,字士行,一作士衡,东晋名将,曾任荆州刺史,政绩卓著,称"陶荆州"。《晋书·陶侃传》记载:"(陶侃)时造船,木屑及竹头悉令举掌之,咸不解所以。后正会,积雪初晴,听事前余雪犹湿,于是以屑布地。及桓温伐蜀,又以侃所贮竹头作丁装船。其综理微密,皆此类也。"

## 【赏读】

卫兹与同郡文生同至市场,卫兹买东西不计价格,文生则讨价还价,降价才买。后卫兹捐家财,讨董卓,力战荥阳,名垂千古。钦山见流水漂来一菜叶,判断山中必有道人。雪峰则认为，随意抛撒菜叶，不知惜福，必非有道之士。陶侃造船时将木屑和竹头都收集起来，后逢雪后路面湿滑，将木屑铺地。桓温伐蜀，又以陶侃储存的竹头作钉装船。"情为欲根，俭为福本"，清心寡欲，勤俭节约，是修福的根本。

# 附　录

## 陈继儒传

陈继儒，字仲醇，松江华亭人。幼颖异，能文章，同郡徐阶特器重之。长为诸生，与董其昌齐名。太仓王锡爵招与子衡读书支硎山。王世贞亦雅重继儒，三吴名下士争欲得为师友。

继儒通明高迈，年甫二十九，取儒衣冠焚弃之。隐居昆山之阳，构庙祀二陆，草堂数椽，焚香晏坐，意豁如也。时锡山顾宪成讲学东林，招之，谢弗往。亲亡，葬神山麓，遂筑室东佘山，杜门著述，有终焉之志。

工诗善文，短翰小词，皆极风致，兼能绘事。又博文强识，经史诸子、术伎稗官与二氏家言，靡不较核。或刺取琐言僻事，诠次成书，远近竞相购写，征请诗文者无虚日。性喜奖掖士类，屦常满户外，片言